影响孩子一生的国学典藏书系

青少版

元曲精选

编著：董源

黑龙江美术出版社

图书在版编目（ＣＩＰ）数据

元曲精选 / 董源编著. -- 哈尔滨：黑龙江美术出版社, 2012.12（2018.7重印）

（影响孩子一生的国学典藏书系）

ISBN 978-7-5318-3794-7

Ⅰ.①元… Ⅱ.①董… Ⅲ.①元曲 – 青年读物②元曲 – 少年读物 Ⅳ.①I222.9

中国版本图书馆CIP数据核字(2012)第303064号

元曲精选

编　　著/ 董　源

责任编辑/ 陈颖杰　于　澜

装帧设计/ 郭婧竹

出版发行/ 黑龙江美术出版社

地　　址/ 哈尔滨市道里区安定街225号

邮政编码/ 150016

发行电话/（0451）84270514

网　　址/ www.heimei001.com

经　　销/ 全国新华书店

印　　刷/ 北京一鑫印务有限责任公司

开　　本/ 720×1020　1／16

印　　张/ 10.5

字　　数/ 90千

版　　次/ 2012 年 12 月第 1 版

印　　次/ 2018 年 7 月第 2 次印刷

书　　号/ ISBN 978-7-5318-3794-7

定　　价/ 34.80元

前　言

　　凡可称经典者，必具备以下特质：第一，经由人类文化、文明史千锤百炼般检验后依然万古长存，深受一代代读者的垂青和热读；第二，不会因为社会政治、经济、文化环境的变迁而改变传播命运；第三，所蕴含的人生理念、美育观点、知识能量、人伦教理，永远是人类正能量取之不竭的源泉，即所谓的"源头活水"；第四，具有人类普世的价值内核。当然，经典有时会表现出那么一点点的不与时俱进，有时还会表现出那么一点点的非现代化，但是经典永远不会引领人类走向歧途。对于一个民族来说，没有经典文化的代代传播和代代阅读，这个民族就没有立足世界的根本；同样，没有经典的世界，也就妄谈人类文明。经典文化犹如快速奔跑、努力拼搏着的人类的老母亲，她会在你有些忘乎所以的狂热之时提醒你一句：放慢脚步，等一等你的灵魂。正因为如此，在人类现代化程度如此之高的21世纪，阅读经典的热潮才会一波高过一波，这是人类的希望所在。因为人类没有因为高科技带来的现代快节奏生活而忘记深情回望一眼自己的母亲，再聆听一下母亲那似乎有些老套但绝对本质的叮咛。

　　"少而好学，如日出之阳。"阅读经典从青少年开始，就会牢牢铸就孩子一生的营养健康基因。这种营养的投入，就像某种产品的间接成本，你说不上它作用于孩子未来的哪一个方面，但绝对是成就孩子理想健康人格和综合素质所必要的。

　　这套青少年版用眼镜蛇卡通形象为标识的经典文化书系，由三个系列组成，第一系列："影响孩子一生的国学典藏书系。"它荟萃了中华文化浩瀚海洋中的精华，从古老的《诗经》到浪漫的唐诗、宋词、元曲、明清小说，从经典的蒙学读物到诸子的智慧篇章，从充满想象力的神话故事到上下五千年的历史……可谓循序而进，万象毕集。第二系列："中国孩子必读的世界经典名著书系。"它汇集了世界经典文学读本，意在通过世界不同语言国家的经典名著的阅读，打开孩子观望世界的窗口，培养孩子博大的文化胸襟，融入世界的思维方式和情感趋向。毕竟，人类已经进入了地球村的时代，世界经济也正在走向一体化。第三系列："中国梦·青少年爱国励志篇。"它囊括了为国牺牲、献出年轻生命的英雄们的故事，刘胡兰、董存瑞、雷锋等人物形象历历在目，栩栩如生，旨在让青少年在阅读中重温过去，了解历史，感受革命与传统的震撼，感受红色浪潮的冲击，从而受到爱国主义、民族精神的教育。

　　最后须要强调的是，"经典"是一个开放的系统，因此本套"眼镜蛇经典文化书系"在现有诸多品类的基础上，还会不断增加新的内容，以满足青少年读者的阅读渴望。

编　者

目 录

关汉卿

白朴

张可久

卢挚

乔吉

姚燧

王和卿

滕斌

邓玉宾

冯子振

曾瑞

杨朝英

李致远

贯云石

吴西逸

薛昂夫

周德清

钟嗣成

汪元亨

倪瓒

关汉卿

作者简介：

关汉卿（1230？—1297 后），号一斋、已斋叟。一生主要生活在大都，与杨显之、王和卿、珠帘秀等有来往。后南下漫游，晚年主要生活在杭州、扬州。大德年间尚在世。多才多艺，是位编剧、导演、表演全能的戏剧家，元杂剧的奠基人。散曲现存套数十三套，小令五十七首。

［双调］沉醉东风

关汉卿

伴夜月银筝凤闲①，暖东风绣被常悭。信沉了鱼，书绝了雁②，盼雕鞍万水千山。本利对相思若不还，则告与那能索债愁眉泪眼③。

注释：

①银筝凤闲：筝、箫等乐器都闲置起来了，指没心情弹奏。②"信沉"、"书绝"二句中的鱼、雁：古人认为鱼、雁是传递书信的使者，此处代指书信。③"本利"二句：意谓相思有如放债，到约定的时候连本带利一并计算，若不还账，就只有用忧愁和眼泪来索讨了。

［南吕］四块玉

关汉卿

（一）

旧酒投，新醅①泼，老瓦盆②边笑呵呵。共山僧野叟闲吟和③。他出一对鸡，我出一个鹅，闲快活。

（二）

南亩耕，东山卧④，世态人情经历多。闲将往事思量过。贤的是他，愚的是我，争什么！

注释：

①新醅：新酒。醅，没有过滤的酒。②老瓦盆：粗陋的盛酒器。
③"吟和"句：和山野中的和尚、田叟一起饮酒赋诗，吟咏唱和。
④东山卧：指隐居。用晋代谢安隐居东山典故。

［双调］碧玉箫

关汉卿

盼断归期，划损短金篦①。一搦②腰围，宽褪素罗衣③。知他是甚病疾？好教人没理会，拣口儿食，陡恁的④无滋味。医，越恁的难调理。

注释：

①"划损"句：连用做划道道计算归期的篦子都磨短了。金篦，一种金制的梳头用具，又可作为头上饰物。②一搦：一握。③"宽褪"句：意谓因腰围瘦，罗衣显得松了。④陡恁的：突然这样的。

［正宫］白鹤子

关汉卿

鸟啼花影里，人立粉墙头。春意两丝牵①，秋水双波溜。香焚金鸭鼎②，闲傍小红楼。月上柳梢头，人约黄昏后③。

注释：

①春意两丝牵：春意即春情，指男女恋情；丝指情丝。两下里情丝相连。②金鸭鼎：铜制的鸭形焚香器具。鼎，三足两耳的香炉。③"月上"、"人约"句：月儿挂在柳树枝头，二人约会在黄昏之后。

［双调］大德歌·秋

关汉卿

　　风飘飘，雨潇潇，便做①陈搏②睡不着。懊恼伤怀抱，扑簌簌③点抛。秋蝉儿噪罢寒蛩儿叫，淅零零④细雨打芭蕉。

注释：

①便做：就算。②陈搏：字图南，号希夷先生，五代末宋初人。在华山修道，经常一睡百日不起。③扑簌簌：形容眼泪纷纷落下的样子。④淅零零：形容雨声。

［双调］碧玉箫

关汉卿

　　膝上琴横，哀愁动离情；指下风生①，潇洒弄清声。锁窗②前月色明，雕阑外夜气清。

指法轻，助起骚人兴。听，正漏断③人初静。

注释：

①风生：即生风，这里形容抚琴指法之快。②锁窗：即琐窗，有连锁图案的窗，与下句"雕阑"对。③漏断：指夜已深。漏，即漏壶，是古代滴水计时的一种仪器。

白朴

作者简介：

　　白朴（1226 — 1307），初名恒，字仁甫，后改字太素，号兰谷。祖籍隩州（今山西曲沃），入元后徙家建康（今南京），终身不仕，以诗酒自娱。散曲有杨友敬辑《天籁集摭遗》，现存套数四套，小令三十七首。

［双调］驻马听·舞

白朴

　　凤髻蟠空①，袅娜腰肢温更柔。轻衫莲步，汉宫飞燕②旧风流。谩催鼍鼓③品梁州④，鹧鸪飞起春罗袖。锦缠头，刘郎错认风前柳⑤。

注释：

①凤髻蟠空：描写舞女梳着高高的云髻。②飞燕：指汉成帝皇后赵飞燕，以善舞著称。③鼍鼓：用鳄皮做鼓面的鼓。鼍，又称扬子鳄、猪婆龙。④梁州：唐时盛行的乐曲名。此处指为舞蹈伴奏的音乐。⑤"刘郎"句：化用苏轼《鹧鸪天》："娇后眼，舞时腰，刘郎几度欲魂消。"

［仙吕］醉中天·佳人脸上黑痣

白朴

疑是杨妃在，怎脱马嵬灾？曾与明皇捧砚①来，美脸风流杀。叵奈②挥毫李白，觑着娇态，洒松烟③点破桃腮。

注释：

①捧砚：相传李白为唐明皇挥毫写新词，杨妃为之捧砚，高力士为之脱靴。②叵奈：即叵料，不料。③洒松烟：作者构想之辞。松烟，用松木烧成的烟灰，古人多用以制墨。

［双调］沉醉东风·渔夫

白朴

黄芦岸白蘋渡口，绿杨堤红蓼滩头。虽无刎颈交①，却有忘机友②。点秋江白鹭沙鸥。傲杀人间万户侯，不识字烟波钓叟③。

注释：

①刎颈交：生死之交的朋友。②忘机友：相交无别的用心而又能推心置腹的朋友。③烟波钓叟：又称"烟波钓徒"，指唐代诗人张志和，他隐居江湖，自称"烟波钓徒"。

［仙吕］寄生草·饮

白朴

长醉后方何碍①，不醒时有甚思？糟腌两个功名字，醅渰千古兴亡事，曲埋②万丈虹霓

元曲精选

志③。不达时皆笑屈原非，但知音尽说陶潜是④。

注释：

①方何碍：却有什么妨碍，即无碍。方，却。②曲埋：用酒曲埋掉。
③虹霓志：气贯长虹。④ "不达"、"但知"二句：意思是不识时
务的人都笑话屈原不应轻生自尽，但知己的人都说陶渊明归隐田
园是正确的。

［双调］驻马听·吹

白朴

裂石穿云，玉管①宜横清更洁②。霜天沙漠，
鹧鸪风里欲偏斜。凤凰台③上暮云遮，梅花惊
作黄昏雪。人静也，一声吹落江楼月。

注释：

①玉管：笛的美称。②清更洁：形容格调清雅纯正。③凤凰台：
故址在今南京西南角，六朝宋时所建。相传建前该处有凤凰飞集，
故称凤凰台。

［双调］庆东原·叹世

白朴

忘忧草，含笑花①，劝君闻早冠宜挂②。那里也能言陆贾③？那里也良谋子牙④？那里也豪气张华⑤？千古是非心，一夕渔樵话。

注释：

①含笑花：木本植物，太阳出来时开花，初开香气扑鼻，花开常不满，似含笑的样子。②冠宜挂：用逢萌挂冠东都城门之典。这里指宜辞官。③陆贾：汉高祖时大臣，能说会道，曾出使南越，使其称臣于汉。④子牙：即吕望，本姓姜，从其封姓，又称姜太公。有谋略，辅助周文王理平政事，辅助周武王伐纣，建立周朝。⑤张华：晋武帝时任中书令，曾力劝武帝排除众议，定下灭吴之计。灭吴后，为持节都督幽州诸军事，既是文人而又有武略，故称豪气。

［中吕］阳春曲·知几

白朴

知荣知辱牢缄口^①，谁是谁非暗点头。诗书丛里且淹留^②。闲袖手，贫煞也风流^③。

注释：

①牢缄口：紧紧地闭上嘴。②淹留：停留，久留。③"风流"句：意思是姑且在诗书堆里停留吧，对世事悠闲地袖手旁观，穷死也风流。

［越调］天净沙·春

白朴

春山暖日和风^①，阑干楼阁帘栊，杨柳秋千院中^②。啼莺舞燕，小桥流水飞红^③。

注释：

①和风：和煦的春风。②"杨柳"句：院子里杨柳依依，秋千轻轻摇动。③飞红：指落花。

马致远

作者简介：

马致远（1250 — 1324），字千里，号东篱，大都人。早年在大都生活二十余年，郁郁不得志。元灭南宋后南下，曾出任江浙省务官，与卢挚、张可久有唱和。晚年隐居田园，过着"酒中仙，尘外客，林中友"的"幽栖"生活。他是元曲四大家之一，极负盛名。散曲有瞿钧编注《东篱乐府全集》，共收套数二十二套，小令一百一十七首。

［越调］天净沙·秋思

马致远

枯藤老树昏鸦①，小桥流水人家，古道②西风瘦马。夕阳西下，断肠人③在天涯。

注释：

①昏鸦：黄昏时的乌鸦。②古道：古老的驿道。③断肠人：指漂泊天涯、穷困潦倒的旅客。

［南吕］四块玉·天台路

马致远

采药童，乘鸾客。怨感①刘郎②下天台，春风再到人何在？桃花又不见开。命薄的穷秀才，谁都你回去来③？

注释：

①怨感：感伤。②刘郎：即刘晨。③"命薄"二句：这个命薄的穷秀才，谁让你又回去了？

[双调] 水仙子·和卢疏斋西湖

马致远

春风骄马五陵儿，暖日西湖三月时，管弦触水莺花市，不知音不到此①。宜歌宜酒宜诗②。山过雨颦眉黛，柳拖烟堆鬓丝，可喜杀③睡足的西施！

注释:

①"春风"等句：意谓富家子弟骑着骏马来西湖游春。五陵儿，指豪门的贵族子弟。五陵，指长陵、安陵、阳陵、茂陵、平陵。汉时皇帝每立陵墓，即迁四方富豪贵族、外戚至附近居住。

②"宜歌"句：意谓面对西湖秀美的景致，就应当唱歌、饮酒、赋诗。③杀：也作"煞"，附在别的词之后，表示程度深。

［南吕］四块玉·马嵬坡

马致远

睡海棠^①，春将晚，恨不得明皇掌中看。《霓裳》^②便是中原患。不因这玉环^③，引起那禄山？怎知蜀道难^④。

注释：

①睡海棠：比喻杨贵妃。②《霓裳》：即《霓裳羽衣曲》，相传杨贵妃善舞此曲。③玉环：杨贵妃字玉环。④蜀道难：指安禄山攻入潼关，唐玄宗仓皇逃往四川之事。

［双调］寿阳曲·远浦帆归

马致远

夕阳下，酒斾^①闲，两三航未曾着岸^②。落

花水香③茅舍晚，断桥头卖鱼人散。

注释：

①酒斾：酒店前的幌子。②着岸：靠岸。③落花水香：指落花掉在水中，使流水也带有花的香气。

［南吕］四块玉·洞庭湖

马致远

画不成①，西施女，他本倾城却倾吴②。高哉范蠡乘舟去，哪里是泛五湖？若纶竿不钓鱼，便索③他学楚大夫④。

注释：

①成：像、似。②倾吴：使吴国灭亡。此处"倾"为倾覆。③便索：就得。④楚大夫：一说，指楚国屈原大夫；一说，指楚国人任越国大夫的文种。他们都曾受君王信任重用，而后遭抛弃致死。

［越调］小桃红·春

马致远

画堂春暖绣帏重．宝篆①香微动②。此外虚
名要何用？醉乡中，东风唤醒梨花梦③。主人
爱客，寻常迎送，鹦鹉在金笼。

注释：

①宝篆：一种名贵的带有篆文印记的香，也称篆香或香篆。②香
微动：指香烟缭绕。③梨花梦：酒醉之梦。唐代时，杭州人在梨
花盛开时节酿酒，名为梨花春酒。

［南吕］四块玉·浔阳江

马致远

送客时，秋江冷。商女琵琶①断肠声。可
知道司马和②愁听。月又明，酒又醒③，客乍醒④。

元曲精选

注释：

①商女琵琶：此处暗指白居易的《琵琶行》。②和：连，连同。③酲：
喝醉了神志不清。喻指酒浓。④醒：醒悟，觉醒。

［双调］折桂令·叹世

马致远

咸阳百二山河①，两字功名，几阵干戈。
项废东吴②，刘兴西蜀③，梦说南柯。韩信功兀
的般证果④，蒯通言那里是风魔⑤？成也萧何，
败也萧何⑥；醉了由他。

注释：

①百二山河：意谓秦地势险要，两万人足以抵挡诸侯百万兵马。
②"项废"句：意谓项羽兵败于垓下，自刎于乌江之西。③"刘
兴"句：意谓刘邦被封为汉王，利用西蜀之利，最后建立了汉家
基业。④"韩信"句：意谓以韩信的功勋却得到这样的结果。韩信，
汉淮阴人，辅助刘邦立汉，屡建奇功，最后被杀；兀的般，怎样
讲；证果，原为佛家语，结果、报应。⑤"蒯通"句：意谓蒯通

的话并不是疯话，是有见识的。蒯通，汉时辩士，范阳人。韩信曾用其计，定齐地。蒯通劝韩信背汉自立，韩信不听，蒯通即装疯。后韩信为吕后所杀，临刑前后悔不已。⑥萧何：汉高祖刘邦重臣，有智谋。韩信之所以得到刘邦重用，功成业就，是因为萧何的全力推荐；后来韩信被吕后所诛杀，也是萧何出主意将韩信骗至长乐宫所致。

[南吕] 四块玉·恬退

马致远

酒旋沽①，鱼新买。满眼云山②画图开，清风明月还诗债。本是个懒散人，又无甚经济才③。归去来！

注释：

①旋沽：刚刚买来。②云山：古代常用作隐士居处的代称。③经济才：经世济国之才干。

元曲精选

［双调］清江引·野兴（其一）

马致远

樵夫①觉来山月底，钓叟②来寻觅。你把柴斧抛，我把渔船弃。寻取个稳便处③闲坐地④。

注释：

①樵夫：砍柴人，指隐士。②钓叟：渔翁，也指隐士。③稳便处：妥当方便的地方。④闲坐地：坐一下。

［双调］清江引·野兴（其二）

马致远

绿蓑衣①紫罗袍②谁是主？两件儿都无济。便作钓鱼人，也在风波里。则不如寻个稳便处闲坐地。

注释：

①绿蓑衣：指用稻草编成的雨具，这里指渔父钓叟。②紫罗袍：紫色的丝绸官服，唐代五品以上官员穿紫，这里指代官。

［双调］清江引·野兴（其三）

马致远

林泉隐居谁到此，有客清风至。会作山中相①，不管人间事。争什么半张名利纸②？

注释：

①山中相：即山中的宰相。南朝梁陶弘景隐居山中，重聘不出。后来泛指弃官隐居的人。②名利纸：功名利禄的代称。

［双调］清江引·野兴（其四）

马致远

西村①日长人事少，一个新蝉噪。恰待葵花开，又早蜂儿闹。高枕上梦随蝶去了。

注释：

①西村：在杭州附近，是马致远晚年隐居的地方。

［双调］拨不断

马致远

立峰峦，脱簪冠①。夕阳倒影松阴乱，太液②澄虚③月影宽，海风汗漫④云霞断。醉眠时小童休唤。

注释：

①簪冠：簪是古人用来固定发髻或冠帽的一种长针。此处簪冠指官帽。②太液：大液池，皇家宫院池名，汉武帝建于建章宫北，中有三山，象征蓬莱、瀛洲、方丈三神山。这里泛指一般的湖泊。③澄虚：澄澈空明。④汗漫：浩瀚、漫无边际。

［双调］寿阳曲

马致远

因他害，染病疾，相识每①劝咱是好意。相识若知咱就里②，和③相识也一般憔悴。

注释：

①相识每：相好的朋友们。每，即"们"字，元人俗语。②就里：内情。③和：连。

元好问

作者简介：

元好问（1190 — 1257），字裕之，号遗山，太原秀容（今山西忻县）人。金宣宗兴定五年（1221）进士，官至知制诰。金亡不仕，潜心著述，是金元之际成就最高的诗人。著有《遗山文集》，编有《中州集》等。散曲现存小令九首。

［中吕］喜春来·春宴

元好问

梅残玉厴①香犹在，柳破金梢眼未开②。东风和气满楼台，桃杏拆③，宜唱喜春来。

注释：

①玉靥：似玉的脸颊，此处指梅花瓣。靥，面颊上的酒窝。②眼未开：指柳叶尚未长出，如睡眼没有睁开一样。③桃杏拆：拆，拆裂。指桃杏的花苞刚刚裂开。拆，原作折，误。

［双调］骤雨打新荷

元好问

绿叶阴浓，遍池亭水阁，偏趁凉①多。海榴初绽，朵朵蹙红罗②。乳燕雏莺弄语，对高柳鸣蝉相和。骤雨过，琼珠乱撒，打遍新荷。

人生百年有几，念良辰美景③，休放虚过。穷通前定④，何用苦张罗。命友邀宾玩赏，对芳樽浅酌低歌。且酩酊，任他两轮日月⑤，来往如梭。

注释：

①趁凉：乘凉，指乘凉的地方。②蹙红罗：形容火红的石榴花像香罗一样明艳。③良辰美景：美好的时节和景物。④穷通前定：

元曲精选

命运的好坏前世已经注定。⑤两轮日月：古人因日月形似车轮，

故称做日轮、月轮。

张可久

作者简介：

　　张可久（约 1270 — 1348 后），字小山（一作名伯远，字可久，号小山），庆元路（路治今浙江宁波）人。以路吏转首领官，又为桐庐典史，仕途上不得志。曾漫游江南，晚年居杭州。专力写散曲，现存作品有小令八百五十五首，套数九套，为元人中最多者。作品或咏自然风光，或写颓放生活，亦有闺情及应酬之作。风格典雅清丽。与乔吉并称为元散曲两大家。有《小山乐府》。

[双调] 水仙子·山斋小集

张可久

玉笙吹老碧桃花，石鼎①烹来紫笋芽，山斋看了黄筌②画。酴醾③香满把，自然不尚奢华。醉李白名千载，富陶朱④能几家，贫不了诗酒生涯⑤。

注释：

①石鼎：古时石制煎烹器皿。②黄筌：五代画家，善画花鸟，自成一家。③酴醾：即茶蘼，落叶灌木，开白花，有浓香。④陶朱：即春秋时越国大夫范蠡。相传他功成身退，泛舟五湖，后至陶地改名经商致富，称陶朱公。后也泛指富翁。⑤"贫不"句：意思是清贫影响不了我快乐的诗酒生涯。

［双调］水仙子·归兴

张可久

淡文章不到紫薇郎①，小根脚难登白玉堂②，远功名③却怕黄茅瘴。老来也思故乡，想途中梦感魂伤。云莽莽冯公岭，浪淘淘扬子江④，水远山长。

注释：

①"淡文章"句：意谓自己文章不好，不能做紫薇郎。淡文章，缺少文采的文章，与台阁文章需华藻相对；紫薇郎，唐开元中改中书省为紫薇省，中书郎称紫薇郎。②"小根脚"句：意谓自己出身低微，当不上翰林。根脚，犹根茎，指家世、资历等个人进身之本；白玉堂，即翰林院。③远功名：到偏远处去做官。④扬子江：长江下游，古称扬子江。

[双调] 水仙子·乐闲

张可久

铁衣①披雪紫金关，彩笔题花②白玉栏，渔舟棹月黄芦岸。几般儿③君试拣；立功名只不如闲。李翰林身何在，许将军④血未干，播高风千古严滩⑤。

注释：

①铁衣：铁甲。古代所穿用铁片制成的战衣。②彩笔题花：暗用李白在长安供奉翰林时所写《清平调词三曲》以咏牡丹花歌咏杨贵妃的典故。③几般儿：指以上武将立功边塞、文人供奉翰林、渔翁垂钓三种行事。④许将军：指唐玄宗朝睢阳太守许远，安史之乱，他与张巡奋力守城数月，城破被俘不屈而死。⑤严滩：又名七里滩、子陵滩等。相传为东汉著名隐士严光（字子陵）拒绝汉光武帝征召隐居垂钓处。

［中吕］普天乐·秋怀

张可久

为谁忙？莫非命。西风驿马，落月书灯。青天蜀道难，红叶吴江冷①。两字功名频看镜，不饶人白发星星②。钓鱼子陵③，思莼季鹰，笑我飘零。

注释：

①"红叶"句：意谓吴江两岸枫叶红了，秋意已浓，以秋色喻孤寂不得志。吴江，即今苏州河。②"两字"、"不饶"二句：此句慨叹年岁已大，而功业未成。③钓鱼子陵：东汉著名隐士严子陵的垂钓处，在今浙江桐庐境。

[双调]水仙子·次韵

张可久

　　蝇头老子五千言①，鹤背扬州十万钱，白云两袖②吟魂健。赋庄生《秋水篇》，布袍宽风月无边③。名不上琼林④殿，梦不到金谷园⑤，海上神仙。

注释：

①老子五千言：指春秋思想家老子所著《道德经》，全书约五千字。
②白云两袖：即两袖唯有白云，其他一无所有。③风月无边：意谓景色无限美好。④琼林：即琼林苑，北宋时皇帝赐宴新科进士的场所，在汴京（今河南开封）城西。⑤金谷园：晋豪富石崇的亭园，极豪华富丽，旧址在今河南洛阳市西北。

[双调] 折桂令·九日

张可久

对青山强整乌纱①，归雁横秋，倦客思家。翠袖②殷勤，金杯错落，玉手琵琶。人老去西风白发，蝶愁来明日黄花③。回首天涯，一抹斜阳，数点寒鸦。

注释：

①"对青山"句：意思是打起精神，勉强登高。也指心思已回故乡，勉强做个小官。②翠袖：漂亮女子的代称，此处指歌女。③"蝶愁"句：意谓良辰美景的消逝，令人无限悲伤，就像蝴蝶见到枯黄的菊花也要发愁一样。明日黄花，原指重九过后的菊花，后来比喻过了景的事物。

［南吕］金字经·感兴

张可久

野唱敲牛角①，大功悬虎头②，一剑能成万户侯。愁，黄沙白骷髅③。成名后，五湖寻钓舟④。

注释：

①敲牛角：典出宁戚饭牛事。一次，齐桓公夜出迎客，宁戚正在喂牛，他叩牛角而唱商歌，引起齐桓公注意，得到了重用。这是一个明主纳贤才的典故。②虎头：指汉朝名将班超。③"黄沙"句：指抛骨沙场，不得善终。④"五湖"句：指范蠡功成身退，泛舟隐居事。

［中吕］清江引 • 春思

张可久

黄莺乱啼门外柳，细雨清明后。能消①几日春，又是相思瘦。梨花小窗人病酒②。

注释：

①"能消"句：意谓经受不了几个春日，极言相思之苦。②"又是"、"梨花"二句：意谓相思人消瘦，隔着小窗，又见梨花飘零，触景生愁无处排遣，只好以酒消愁。

［双调］折桂令 • 次酸斋韵

张可久

倚栏杆不尽兴亡①。数九点齐州②，八景湘江③，吊古词香④，招仙笛响，引兴杯长⑤。远树烟云渺茫，空山雪月苍凉。白鹤双双，剑客

昂昂，锦语琅琅。

注释：

①不尽兴亡：指对历代兴亡变迁的感慨绵绵不尽。②九点齐州：齐州，即中国。古时中国分为冀、豫、雍、扬、兖、徐、梁、青、荆九州。③八景湘江：即潇湘八景。④吊古词香：指凭吊古迹抒怀赋诗。⑤引兴杯长：谓兴致佳饮酒多。化用白居易《初授秘监并赐金紫闲吟小酌偶写所怀》诗句："酒引眼前兴，诗留身后名。"

［双调］沉醉东风·秋夜旅思

张可久

二十五点①秋更鼓声，千三百里水馆邮程。青山去路长，红树西风冷。百年人半纸虚名。得似璩源阁上僧，午睡足梅窗日影②。

注释：

①二十五点：古人把一夜分为五更，每更分为五点，一夜要报二十五点。曲子主人公听到了二十五点报更声，说明他一夜未眠。
②"得似"句：意谓自己一生忙碌，不如僧人安闲。璩源阁，指

璩源寺，在今浙江江山县东南六十里。

［中吕］满庭芳·客中九日

张可久

乾坤俯仰，贤愚醉醒，今古兴亡①。剑花②寒，夜坐归心壮③，又是他乡。九日明朝酒香，一年好景橙黄。龙山④上，西风树响，吹老鬓毛霜。

注释：

①"乾坤"、"贤愚"、"今古"三句：意思是看乾坤大地，清醒的贤者和昏醉的愚人相混，从古到今多少变幻兴亡。②剑花：指灯芯的余烬结为剑花形。③归心壮：谓思归心情强烈、旺盛。④龙山：在今湖北江陵县。

［越调］小桃红·寄鉴湖诸友

张可久

一城秋雨豆花凉①。闲倚平山②望。不似年时鉴湖上，锦云③香，采莲人语荷花荡。西风

元曲精选

雁行，清溪渔唱，吹恨入沧浪④。

注释：

①"一城"句：意谓一场豆花雨，使喧闹的城市也透出凉意。秋雨豆花凉，指豆花雨，俗以八月雨为豆花雨。②平山：即平山堂，在扬州西北瘦西湖北蜀冈上。宋庆历八年郡守欧阳修所建，登堂可以望见江南诸山，故名平山堂。③锦云：指鉴湖上的荷花。④沧浪：指深绿色的湖水。

［中吕］朝天子·山中杂书

张可久

醉余，草书，李愿盘谷序。青山一片范宽①图，怪我来何暮。鹤骨清癯，蜗壳蘧庐②，得安闲心自足。蹇驴，和酒壶，鼠雪梅花路③。

注释：

①范宽：宋代著名山水画家。此处将青山景色比为范宽的山水画。②蘧庐：旅舍。指自己的房舍十分简陋。③"蹇驴"等三句：此处借用孟浩然骑驴携酒、踏雪寻梅典故。

[越调] 天净沙·鲁卿①庵中

张可久

青苔古木萧萧②，苍云秋水迢迢。红叶山斋小小。有谁曾到？探梅人过溪桥。

注释：

①鲁卿：生平不详。庵：古时文人书斋多称庵，即曲中所述山斋。

②"青苔"句：意谓青苔满地，古树参天，落叶纷纷。

[双调] 殿前欢·客中

张可久

望长安，前程渺渺鬓斑斑。南来北往随征雁，行路艰难①。青泥②小剑关，红叶溢江岸，白草③连云栈。功名半纸，风雪千山④。

元曲精选

注释：

①"行路"句：意思是追随那南来北往的征雁，经历多少险难。
②青泥：指青泥岭，又名泥功山。在今陕西略阳县西北，古为入蜀要道，道路崎岖曲折，坎坷难行。③白草：枯草。④"功名"、"风雪"二句：意思是得了个半纸功名，穿越风雪千山。

［双调］殿前欢·离思

张可久

月笼沙①，十年心事付琵琶。相思懒看帏屏画，人在天涯②。春残豆蔻花③，情寄鸳鸯帕，香冷酴醾架。旧游台榭，晓梦窗纱④。

注释：

①月笼沙：用唐杜牧《泊秦淮》诗句："烟笼寒水月笼沙。"②"相思"、"人在"二句：意思是想念心上人懒得看那帏屏的画，心上人远在天涯。③豆蔻花：夏初开花的草本植物。杜牧《赠别诗》："娉娉袅袅十三余，豆蔻梢头二月初。"豆蔻喻未嫁少女。④"旧游"、"晓梦"二句：梦中重游旧时楼台亭榭，梦醒时旭日映照窗纱。

［双调］清江引·春晚

张可久

平安信来刚半纸，几对鸳鸯字①。花开望远行，玉减②伤春事。东风草堂③小燕子。

注释：

①鸳鸯字：指一般性的祝福文字，很少有实际内容。②玉减：玉容消瘦。③草堂：古时文人谦称自己的住所为草堂。

［中吕］红绣鞋·天台瀑布寺

张可久

绝顶峰攒雪剑①，悬崖水挂冰帘，倚树哀猿弄云尖。血华啼杜宇②，阴洞吼飞廉③。比人心山未险④！

注释：

①雪剑：形容山峰高峻终年积雪有如雪亮的宝剑。②"血华"句：意思是杜鹃鸟啼血凄厉鸣叫，华，通"花"。③飞廉：传说中的风神，又称风伯。此处指阴风。④"比人"句：意思是比起人心的险恶，山算不上危险。

［双调］庆东原·次马致远先辈韵

张可久

诗情放，剑气豪，英雄不把穷通^①较。江中斩蛟^②，云间射雕^③，席上挥毫^④。他得志笑闲人，他失脚闲人笑^⑤。

注释：

①穷通：指人生遭际的穷困和显达。②江中斩蛟：指晋代周处入水斩蛟为民除害的事。③云间射雕：指北齐斛律光随君主校猎射落云中大雕的事。④席上挥毫：指酒席上即兴赋诗。⑤"他得"、"他失"二句：可怜那些小人，得志时嘲笑别人无能，失意时为天下人耻笑。作者刻画了一位性格豪放，不计穷通得失的达士。

[正宫] 醉太平·无题

张可久

人皆嫌命窘，谁不见钱亲①。水晶环入麦糊盆②，才沾粘便滚，文章糊了盛钱囤③，门庭改做迷魂阵④，清廉贬入睡馄饨。葫芦提⑤倒稳。

注释:

①"见钱亲"句：意思是世人都嫌命运困迫，有谁见钱不亲。

②麦糊盆：比喻污浊的官场环境。③囤：用苇篾编织的盛粮食的器具，这里指盛钱的用具。④迷魂阵：青楼。这里泛指坑害人的场所。⑤葫芦提：犹言稀里糊涂。

卢挚

作者简介:

卢挚(约 1242 — 1314 后),字处道,一字莘老,号疏斋,又号嵩翁,先祖涿郡(今河北涿县)人,后世居河南。初为世祖侍从,后累官至翰林学士。散曲与姚燧比肩,人称"姚卢"。今有李修生《卢疏斋集辑存》。现存小令一百二十一首。

[黄钟]节节高 · 题洞庭鹿角庙壁

卢挚

雨晴云散,满江明月①。风微浪息,扁舟一叶。半夜心②,三生梦③,万里别。闷倚篷窗睡些。

注释：

①"明月"句：骤雨过后，天色初晴，乌云散尽，满江上都是一片明洁的月光。②半夜心：指子夜不眠生起的愁心。③三生梦：谓人的三生如梦。三生，佛家指前生、今生、来生。

［双调］寿阳曲·别珠帘秀①

卢挚

才欢悦，早间别，痛煞煞②好难割舍。画船儿载将春③去也，空留下半江明月。

注释：

①珠帘秀：元初的杂剧女演员，艺术造诣相当高，与当时文士往来密切，很多曲家都有曲题赠给她。②痛煞煞：十分悲痛。③春：语意双关，点明时令的同时暗指珠帘秀。

元曲精选

[南吕] 金字经·宿邯郸驿①

卢挚

梦中邯郸道②，又来走这遭。须不是山人索价高，时自嘲。虚名无处逃。谁惊觉？晓霜侵鬓毛。

注释：

①邯郸驿：即今河北邯郸。驿：驿馆。②"梦中"句：采用"邯郸梦"典故。传说卢生在邯郸道邸舍遇吕翁，吕翁授一瓷枕令睡，梦中历尽富贵荣华，醒来时店主人蒸黄粱饭还未熟，因而领悟穷通得失不过是一场梦。

［双调］殿前欢

卢挚

　　酒杯浓，一葫芦春色①醉山翁②，一葫芦酒压花梢重。随我奚童，葫芦干，兴不穷。谁人共？一带青山送③。乘风列子④，列子乘风。

注释:

①春色:此处指酒。宋代安定郡王用黄柑酿酒，名为"洞庭春色"。
②山翁：指山简，字季伦。晋时镇守襄阳，好酒，常出游，并常醉酒而归。③"谁人"、"一带"二句：还有谁和我共赏同游？是那连绵不断的一带青山把我迎送。④列子:即列御寇，战国时郑人。《庄子·逍遥游》称其能"御风而行"。

［双调］沉醉东风·重九

卢挚

题红叶清流御沟①，赏黄花人醉歌楼。天长雁影稀，月落山容瘦。冷清清暮秋时候。衰柳寒蝉一片愁，谁肯教白衣送酒②？

注释：

①"题红"句：由红叶联想到佳话，点出时令。②"谁肯"句：意谓希望有朋友来共饮，而不是差白衣人送酒独酌。

［双调］蟾宫曲·扬州汪右丞席上即事

卢挚

江城歌吹风流①，雨过平山，月满西楼。几许华年②，三生醉梦，六月凉秋。按锦瑟佳人劝酒，卷朱帘齐按凉州③。客去还留，云树萧萧，河汉悠悠④。

注释：

①"江城"句：扬州的歌舞、音乐是超逸美妙的。江城，即扬州。歌咏，指歌舞音乐。风流，超逸、美妙。②华年：时光、年岁。③凉州：指唐天宝年间的乐曲，多表现边塞题材，流传极广。④"客去"句：曲终筵散，客人就要离去却还在逗留，高高的树木在夜风中摇曳，长空银河璀璨遥远而长久。

［正宫］黑漆弩

卢挚

晚泊采石，醉歌田不伐①《黑漆弩》，因次其韵，寄蒋长卿②金司、刘芜湖巨川。

湖南长忆嵩南住③，只怕失约了巢父④。舣归舟唤醒湖光，听我篷窗春雨。故人倾倒襟期，我亦载愁东去。记朝来黯别江滨，又弭棹蛾眉晚处。

注释：

①田不伐：即田为，宋代词人，通晓音律。②蒋长卿：人名，生平不详。③"湖南"句：作者曾于元贞初年被派往河南登封祭祀中岳嵩山，并留在嵩山，自号嵩翁。后又被派往湖南祭祀南岳衡山，随即出任湖南岭北道肃政廉访使，此句就是指这段经历。④"只怕"句：指不能实现隐居的心愿。巢父，传说中尧时的隐士。尧把天下让给他，他不接受。因他在树上筑巢而居，故名巢父。这里指隐士。

［双调］沉醉东风·秋景

卢挚

挂绝壁松枯倒倚①，落残霞孤鹜齐飞②。四围不尽山，一望无穷水。散西风满天秋意。夜静云帆③月影低，载我在潇湘画④里。

注释：

①"挂绝壁"句：指悬崖上一棵枯松倚绝壁而倒挂。②"落残霞"句：化用王勃《滕王阁序》诗"落霞与孤鹜齐飞，秋水共长天一色"句意。

③云帆：一片白云似的船帆。④潇湘画：北宋宋迪画有八幅山水：平沙落雁、远浦帆归、山市晴岚、江天暮雪、洞庭秋月、潇湘夜雨、烟寺晚钟、渔村夕照，人称"潇湘八景"。潇湘，湖南境内两条水名。湘水流至零陵县和潇水合流，世称潇湘。

［双调］沉醉东风·闲居

卢挚

恰离了绿水青山那答①，早来到竹篱茅舍人家。野花路畔开，村酒槽头榨②。直吃的欠欠答答③。醉了山童不劝咱，白发上黄花乱插④。

注释：

①那答：那边，元代口语。②"村酒"句：指村酒在槽头上压榨着。槽头，古代农家酿酒，把米发酵后放在木制的酿器中压榨，由槽头慢慢流出。③欠欠答答：迷迷糊糊，不清醒，元代口语。④"白发"句：头上插菊花是雅事。此指诗人醉后放达无物的形象。

［双调］蟾宫曲

卢挚

沙三伴哥来嗏^①，两腿青泥，只为捞虾。太公庄上，杨柳阴中，磕破西瓜。小二哥昔涎刺塔^②，碌轴^③上淹^④着个琵琶。看荞麦开花，绿豆生芽，无是无非，快活煞庄家。

注释：

①沙三伴哥来嗏：沙三、伴哥是元曲中经常用来称呼农村少年的名字。嗏，语尾助词。②昔涎刺塔：形容水淋淋的样子。刺塔，肮脏。③碌轴：即碌碡，碾子。用来碾压土地或碾脱谷料的农具。④淹：即淹、浸泡。

［双调］蟾宫曲•箕山感怀

卢挚

巢由后隐者谁何？试屈指高人，却也无多。渔父严陵①，农夫陶令②，尽会婆娑③。五柳庄④瓷瓯瓦钵，七里滩雨笠烟蓑。好处如何？三径⑤秋香，万古苍波。

注释：

①严陵：即东汉时的严光，字子陵。曾与刘秀同学。刘秀即位后，他不肯应诏为官，改名隐居于富春山。②陶令：即东晋时的大诗人陶渊明，曾为彭泽令，因不满现实的黑暗而去职归隐。③婆娑：原指舞姿美好，此处引申为逍遥自在的意思。④五柳庄：指陶渊明的庄园。陶渊明的宅边有五棵柳树，因自号五柳先生，并作有《五柳先生传》，所以称他的住处为五柳庄。⑤三径：指陶渊明的隐居之处。陶渊明的《归去来分辞》有"三径就荒，松菊犹存，携幼入室，有酒盈罇"之句。

乔吉

作者简介：

　　乔吉（？—1345），字梦符，号鹤笙翁、惺惺道人，太原（今属山西）人。流寓杭州，一生穷困不得志，浪迹江湖，寄情诗酒。以《西湖梧叶儿》一百篇，蜚声词坛，所著杂剧十一种，今存《扬州梦》《两世姻缘》、《金钱记》三种。其散曲作品数量之多仅次于张可久，与张可久齐名。其作品雅俗共赏，生动活泼，风格清丽，出奇制胜。李开先说他的散曲"种种出奇而不失之怪"，并说"乐府之有乔、张，犹诗家之有李、杜"，给予极高评价。今存小令二百零九首，套数十一套。

［正宫］绿幺遍·自述

乔吉

不占龙头①选，不入名贤传②。时时酒圣，
处处诗禅③。烟霞状元，江湖醉仙。笑谈便是
编修院④。留连，批风抹月⑤四十年。

注释：

①龙头：头名状元。②名贤传：登录名人贤者的册簿。③诗禅：
以诗谈禅，以禅喻诗。即以禅语、禅趣入诗。④编修院：即翰林院，
编修国史的机关。⑤批风抹月：犹言吟风弄月。

［双调］水仙子·寻梅

乔吉

冬前冬后几村庄，溪北溪南两履霜，树头
树底①孤山上。冷风来何处香？忽相逢缟袂绡

裳②。酒醒寒惊梦③，笛凄春断肠，淡月昏黄④。

注释：

①树头树底：描绘在树上仔细寻找。②"忽相逢"句：忽然碰到素衣淡妆的女郎，以人比花，形容梅花的洁白。缟，白绢；袂，袖子；绡，薄绸。③"酒醒"句：此句和上句暗用隋朝赵师雄罗浮山梦遇梅花仙子的典故，写所见梅花之美。④淡月昏黄：化用林逋《梅花》诗"暗香浮动月黄昏"句意。

［中吕］满庭芳·渔父词

乔吉

吴头楚尾①，江山入梦，海鸟忘机。闲来得觉胡伦②睡，枕著蓑衣。钓台下风云庆会，纶竿上日月交蚀③。知滋味，桃花浪里，春水鳜鱼肥。

注释：

①吴头楚尾：指今江西省北部，春秋时为吴、楚两国接界之地，因称"吴头楚尾"。②胡伦：同囫囵。指浑然一体，用以形容整

个儿的东西。③"钓台"、"纶竿"二句：意思是在钓台下和钓起的鱼儿相会，在钓竿上把时光消磨。

［双调］殿前欢·登江山第一楼

乔吉

拍阑干，雾花吹鬓①海风寒。浩歌②惊得浮云散。细数青山，指蓬莱一望间。纱巾岸③，鹤背骑来惯。举头长啸，直上天坛④。

注释：

①鬓：鬓角的头发。②浩歌：放声高歌。③岸：高高竖起的样子。④天坛：在今河南济源县西。王屋山之绝顶，乃轩辕黄帝祈天之所。

［中吕］满庭芳·渔父词

乔吉

湖平棹稳，桃花泛暖，柳絮吹春。莼蒿①香脆芦芽②嫩，烂煮河豚。闲日月熬了些酒樽，

恶风波飞不上丝纶③。芳村近，田原隐隐，疑是避秦人④。

注释：

①蒌蒿：草名，即白蒿。②芦芽：即芦笋。③"闲日"、"恶风"二句：意思是悠闲的岁月在酒杯旁过去，钓丝上引不起险恶的风云。④避秦人：指躲避乱世的人。此语出自陶渊明《桃花源记》。

［双调］卖花声·悟世

乔吉

肝肠百炼炉间铁，富贵三更枕上蝶①，功名两字酒中蛇②。尖风薄雪，残杯冷炙③，掩清灯竹篱茅舍。

注释：

①枕上蝶：语出《庄子·齐物论》，庄周梦见自己化为蝴蝶。②酒中蛇：据《晋书·乐广传》载，乐广有客久不登门，广去问他原因，说上回在他家喝酒时曾见杯中有蛇，回家后就病了。后来乐广告诉他杯中的蛇原是墙上的弓影投到杯中，沉疴霍然而愈。③残杯

25

冷炙：残酒冷菜。炙，烤肉。

［双调］水仙子·游越福王府

乔吉

笙歌梦断蒺藜沙①，罗绮香余野菜花，乱云老树夕阳下。燕休寻王谢家②，恨兴亡怒煞些鸣蛙③。铺锦池埋荒甃④，流杯亭⑤堆破瓦，何处也繁华？

注释：

①"笙歌"句：意谓昔日的笙歌曼舞之地，如今已满是瓦砾和蒺藜。
②王谢家：指晋代王导、谢安等士族之家。③鸣蛙：鼓腹而鸣的蛙。此处借越王勾践鼓励士兵勇敢轻死，因而向怒蛙致敬这一典故寄寓感伤。④"铺锦池"句：意谓当年花团锦簇的池塘，如今已变成荒池。⑤流杯亭：相传为春秋时吴王阖闾所建。

［双调］水仙子·乐清萧台

乔吉

枕苍龙①云卧品清箫，跨白鹿②春酣醉碧桃，唤青猿夜拆烧丹灶③。二千年琼树④老。飞来海上仙鹤，纱巾岸天风细，玉笙吹山月高，谁识王乔⑤？

注释：

①苍龙：指青松。②白鹿：古人以鹿为长寿，满五百年即全身变白，称白鹿。③烧丹灶：炼丹的炉灶。④琼树：此神州中的仙树。⑤"纱巾"等三句：戴纱巾露头额天风轻拂，玉笙声在月天高高飞扬，有谁认得这位王乔？

［双调］水仙子·咏雪

乔吉

冷无香柳絮扑将来①，冻成片梨花拂不开。大灰泥漫了三千界②。银稜了东大海。探梅的心噤难捱。面瓮儿里袁安舍③，盐堆儿里党尉宅④，粉缸儿里舞榭歌台。

注释：

① "冷无香"句：意谓雪花冰冷没有香气，如柳絮般扑面而来。

② "大灰泥"句：意谓雪如白灰一样铺满整个大地。三千界，即佛家所说的小千世界、中千世界和大千世界的总称。此处泛指世界。③ "面瓮儿"句：意谓袁安的屋舍被大雪盖住了，像藏在面缸里一样。袁安，东汉人。④ "盐堆儿"句：意谓党进的宅第如同一个大盐堆。

［双调］折桂令·丙子游越怀古

乔吉

蓬莱老树苍云①，禾黍高低，狐兔纷纭。半折残碑。空余②故址，总是黄尘。东晋亡也再难寻个右军③，西施去也绝不见甚佳人。海气长昏，啼鹃④声干，天地无春⑤。

注释：

①老树苍云：指老树参天，苍茫萧森。②余：留下。③右军：指东晋王羲之，官至右军将军。④啼鹃：即杜鹃鸟。⑤"天地"句：意思是天地间不见一丝春意留存。

[越调] 凭阑人·金陵道中

乔吉

瘦马驮诗①天一涯，倦鸟呼愁村数家②。扑头飞柳花，与人添鬓华③。

注释：

①瘦马驮诗：指诗人骑马浪游，诗思盈怀。②"倦鸟"句：意谓听到鸟啼，觉得鸟倦飞尚且知还，而自己却还在奔波途中。③华：通"花"，指花白。

[中吕] 山坡羊·寓兴

乔吉

鹏抟①九万，腰缠十万，扬州鹤背骑来惯。事间关②，景阑珊，黄金不富英雄汉。一片世情③天地间。白，也是眼；青，也是眼④。

注释：

①抟：盘旋。②事间关：喻事情有曲折，不顺利。③世情：这里指世态炎凉，化用杜甫诗句"世情恶衰歇，万事随转烛"。④"白"、"青"二句：意思是不管天地间世态炎凉，任你是白眼看人还是青眼看人，都要坚持自己的节操不变。

［中吕］山坡羊·冬日写怀（其一）

乔吉

朝三暮四①，昨非今是②，痴儿③不解荣枯事。攒家私，宠花枝，黄金壮起荒淫志。千百锭④买张招状纸⑤。身，已至此；心，犹未死。

注释：

①朝三暮四：意谓反复无常。②昨非今是：此处指出尔反尔。

③痴儿：指痴迷于功名利禄的做官者。④千百锭：大量的钱财。锭，旧时计算金银的单位，五两或十两金银为一锭。⑤状纸：犯人供认罪状的纸。

[中吕] 山坡羊·冬日写怀 (其二)

乔吉

冬寒前后，雪晴时候，谁人相伴梅花瘦①？钓鳌舟②，缆汀洲，绿蓑不耐风霜透。投至③有鱼来上钩。风，吹破头；霜，皴④破手。

注释：

①梅花瘦：梅花无叶先花，因称瘦梅。②钓鳌舟：指志向远大的人乘坐的渔船。鳌，海中的大龟。③投至：等到。④皴：皮肤因寒冷而干裂。

[越调] 小桃红·绍兴于侯索赋

乔吉

昼长无事簿书①闲，未午衙先散。一郡居民二十万。报平安，秋粮夏税咄嗟②儿办。执

花纹象简③，凭琴堂④书案，日日看青山⑤。

注释：

①簿书：官府文书。②呫嗱：呼吸之间，形容时间短暂。③花纹象简：刻花纹的象牙笏，官吏上朝或谒见上司时用。④琴堂：指县官的官署。⑤日日看青山：化用"拄笏看山"典故，喻做官而有闲情雅志。

[越调] 天净沙·即事

乔吉

莺莺燕燕春春，花花柳柳真真①，事事风风韵韵②。娇娇嫩嫩，停停当当③人人。

注释：

①真真：暗用杜荀鹤《松窗杂记》故事：唐进士赵颜得到一幅美人图，画家说画上美人名真真，为神女，只要呼其名，一百天就会应声，并可复活。后以"真真"代指美女。②风风韵韵：指美女富于风韵。③停停当当：指完美妥帖，恰到好处。

盍西村

作者简介：

盍西村（生卒年不详），盱眙（今属江苏）人。工散曲，现存小令十七首，套数一套。

［越调］小桃红·江岸水灯

盍西村

万家灯火闹①春桥，十里光相照，舞凤翔鸾②势绝妙。可怜宵，波间涌出蓬莱岛③。香烟④乱飘，笙歌喧闹，飞上玉楼腰。

注释：

①闹：使……热闹、欢乐。②舞凤翔鸾：指凤形和鸾形的花灯在飞舞盘旋。鸾，传说中凤凰一类的鸟。③"波间"句：意谓江岸

灯火辉煌,又倒映入水中,好像出现了蓬莱仙岛。蓬莱岛,传说中的海上仙山。④香烟:指灯火的光辉及烟火。

[越调] 小桃红·客船晚烟

盍西村

绿云①冉冉锁清湾,香彻东西岸。官课②今年九分办③。厮追攀④,渡头买得新鱼雁。杯盘不干,欢欣无限,忘了大家难⑤。

注释:

①绿云:此指烟霭汇聚成的如云烟团。②官课:指上缴官家的租税。③九分办:免去一分赋税,按九成办理征收。④厮追攀:相互追赶、招呼。⑤"杯盘"句:杯盘摆得满满的,尽情欢乐,忘记各自的艰难事。

［越调］小桃红·杂咏

盍西村

杏花开候不曾晴，败尽游人兴。红雪①飞来满芳径。问春莺，春莺无语风方定②。小蛮③有情，夜凉人静，唱彻醉翁亭。

注释：

①红雪：指纷纷凋落的红色花瓣如雪花飘落。②"春莺"句：不由得问春天的黄莺，黄莺默默不出声，暮春的晚风刚刚安定。

③小蛮：原指白居易的侍妾，能歌善舞，此处借指歌姬。

［越调］小桃红·西园秋暮

盍西村

玉簪①金菊露凝秋，酿出西园秀。烟柳新来为谁瘦？畅风流，醉归不记黄昏后。小糟②

细酒，锦堂晴昼，拼却③再扶头④。

注释：

①玉簪：草本植物，秋季开花，洁白如玉，花没开时如簪头，有香味，因而得名。②槽：原误以为"槽"，古时制酒器的部件，酒由此缓缓流出。③拼却：豁出去，宁愿。④扶头：即扶头酒，酒劲大，饮者易醉。此处指醉倒。

［越调］小桃红·杂咏

盍西村

绿杨堤畔蓼花洲，可爱溪山秀①，烟水茫茫晚凉后。捕鱼舟，冲开万顷玻璃皱②。乱云不收，残霞妆就，一片洞庭秋③。

注释：

①"绿杨"、"可爱"二句：江堤上栽着绿杨柳，小洲上蓼花飘飞，一派可爱的秀美山溪景致。②玻璃皱：比喻水浪。③秋：指秋色。

［越调］小桃红·东城早春

盍西村

暮云楼阁画桥东，渐觉花心动①，兰麝②香中看鸾凤。笑融融③，半醒不醉相陪奉。佳宾兴浓，主人情重，合和④小桃红。

注释：

①"暮云"、"渐觉"二句：设宴在画桥东面暮云之下的楼阁之中，渐渐觉得花蕾中花心在萌动，②兰麝：兰，香草。麝，香獐，分泌的麝香可作药材或香料。此处泛指高雅芬芳的香气。③融融：和乐的样子。④合和：一起唱。和，跟着唱。

张养浩

作者简介：

　　张养浩（1270 — 1329），字希孟，号云庄，济南（今属山东）人，他"幼年好学，读书不辍"，二十岁被荐为东平（今属山东）学正。后历任县尹、监察御史、礼部尚书等官。为官清正廉明，直言敢谏。英宗时曾上疏谏元夕内迁张灯为鳌山，后感仕途险恶，弃官归隐奉养老父。后朝廷七次征召，"皆不赴"。文宗天历二年（1329），关中大旱，特拜陕西行台中丞，前往救灾，到任四月，就以积劳成疾，卒于任上。著有《云庄休君自适小乐府》，多为辞官归隐后所写，既讴歌了隐居之乐，也揭露出仕途险恶，世态炎凉。还有些关怀民生疾苦的作品，与一般接近市井勾栏的作家不同。

［中吕］山坡羊·潼关怀古

张养浩

峰峦如聚，波涛如怒，山河表里①潼关路。望西都②，意踌躇③。伤心秦汉经行处，宫阙④万间都做了土。兴，百姓苦！亡，百姓苦！⑤

注释：

①山河表里：形容地势险要。表里，指互为表里。②西都：指长安。东汉建都洛阳，在东，故云长安为西都。③踌躇：原意为犹豫不决，此处指思绪万千。④宫阙：帝王宫殿。⑤"兴"、"亡"二句：意思是历史上无论是哪个朝代的兴、亡，还不都是老百姓的痛苦。

[双调] 雁儿落兼得胜令·退隐

张养浩

云来山更佳，云去山如画①，山因去晦明，云共山高下。倚杖立云沙②，回首见山家③。野鹿眠山草，山猿戏野花。云霞，我爱山无价④。看时行踏⑤，云山也爱咱。

注释：

①"云去"句：白云飘去，山色晴明，美如图画。②云沙：犹言云海。③山家：山那边。家，同"价"。④"云霞"、"我爱"二句：意思是我爱这变幻迷人的云霞，爱这秀丽的山峰，它的价值无法估计。表达出作者对云山图景的依恋和热爱。⑤行踏：走动、来往。

［双调］水仙子·咏江南

张养浩

一江烟水照晴岚①，两岸人家接画檐，芰荷②丛一段秋光淡，看沙鸥舞再三，卷香风十里珠帘③。画船儿天边至，酒旗儿风外飐④，爱杀江南。

注释：

①晴岚：晴天山林中的雾气。②芰荷：出水的荷叶或荷花。③"看沙鸥"二句：看沙鸥正在江面上飞舞盘旋，风从卷起的珠帘飘出有十里远。④飐：风吹物使之颤动。

［双调］清江引·咏秋日海棠(其一)

张养浩

寂寞一枝三四花，弄色书窗下。为着沉香①

迷，梦见嵬坡②怕，且潜身在居士家。

注释：

①沉香：唐开元时，宫中种木芍药（即牡丹），玄宗命移植于兴庆池东沉香亭前，与杨贵妃共赏。此处以杨贵妃被比做秋海棠春睡而产生联想，以杨妃事写海棠，下句同。②嵬坡：马嵬坡，杨贵妃被缢死处。

［双调］清江引·咏秋日海棠(其二)

张养浩

睡起不禁霜月苦，篱菊休相妒。恰与东君①别，又被西风误②，教他这粉蝶儿无是处。

注释：

①东君：司春之神。②"又被"句：意谓秋海棠被无情的秋风给摧残了。

［中吕］喜春来

张养浩

路逢饿殍①须亲问，道遇流民必细询。满城都道好官人②。还自哂③，只落的白发满头新。

注释：

①饿殍：亦作"饿莩"，饿死的人。②"满城"句：意思是满城百姓都说我是个好官。③哂：微笑。

［双调］沉醉东风

张养浩

班定远飘零玉关①，楚灵均②憔悴江干。李斯有黄犬悲③，陆机④有华亭叹。张柬之⑤老来遭难，把个苏子瞻长流了四五番。因此上功名

意懒。

注释:

①"班定"句：班定远指东汉名将班超。他留守西域三十一年，战功卓著，官至西域都护，被封为定远侯。晚年思乡，上疏乞归，有"臣不敢望到酒泉郡，但愿生入玉门关"的话。②楚灵均：指屈原。字灵均。③"李斯"句：李斯，上蔡（今属河南）人，曾助秦始皇吞并六国，官至丞相。秦始皇死后，又辅佐二世继位。后为宦官赵高所嫉，诬他谋反，被腰斩于咸阳。他临刑前对儿子说："吾欲与若复牵黄犬俱出上蔡东门逐兔，岂可得乎！"④陆机：西晋著名诗人，华亭（今上海松江）人。他随成都王司马颖讨伐长沙王司马乂，被执时，叹曰：'华亭鹤唳，岂可复闻乎？'后来遇害于军中。⑤张柬之：张柬之，唐武后时因狄仁杰的推荐而受到重用，官至宰相。后又佐唐中宗复位有功，被封为汉阳郡王。不久被武三思构陷，被贬为新州（今广东新兴）司马，又流泷州（今广东罗定东），当时已八十多岁，终于忧愤而死。

[双调]庆东原

张养浩

鹤立花边玉，莺啼树杪弦①，喜沙鸥也解

相留恋。一个冲开锦川②，一个啼残翠烟③，一个飞上青天。诗句欲成时，满地云撩乱。

注释：

①"莺啼"句：意思是黄莺在树间啼鸣有如奏响美妙和琴弦。

②冲开锦川：指沙鸥在河川游泳。③啼残翠烟：指黄莺在绿荫翠烟中鸣啼。

元曲精选

徐再思

作者简介：

　　徐再思（生卒年不详），字德可，号甜斋，嘉兴（今属浙江）人。与张可久、贯云石为同时代人。散曲作品多写自然景物及闺情。风格清丽，注重技巧。民国人任讷将其散曲与贯云石（酸斋）作品合辑为《酸甜乐府》，得其小令一百余首。

［双调］蟾宫曲·春情

徐再思

　　平生不会相思，才会相思，便害相思①。身似浮云②，心如飞絮。气若游丝③。空一缕余香④在此，盼千金游子何之。证候⑤来时，正是何时？灯半昏时，月半明时。

注释：

①便害相思：患相思之病。②身似浮云：指坐卧不宁。③气若游丝：恹恹欲病。游丝，飘动的蛛丝。④余香：指情人留下的定情物。⑤证候：即症候，发病的症状，此处指相思的痛苦。

［双调］水仙子·马嵬坡

徐再思

翠华①香冷梦初醒，黄壤春深草自青。羽林兵拱听将军令，拥鸾舆②蜀道行，妾虽亡天子还京。昭阳殿③梨花月色，建章宫④梧桐雨声，马嵬坡尘土虚名。

注释：

①翠华：用翠鸟羽毛装饰的旗帜，为皇帝的仪仗。②鸾舆：皇帝乘坐的车。③昭阳殿：汉成帝所建的皇宫。此指杨贵妃居处。④建章宫：汉武帝时宫殿名，位于未央宫西面。

［双调］水仙子·夜雨

徐再思

一声梧叶一声秋①。一点芭蕉一点愁。三更归梦三更后。落灯花棋未收②，叹新丰逆旅③淹留。枕上十年事，江南二老④忧，都到心头。

注释：

① "一声"句：意思是瑟瑟西风吹动落叶，一声声报告秋天来到。

② "落灯花"句：意谓灯花已落，残棋却未收，足见寂寞难耐。灯花，油灯捻儿结成花形的余烬。③新丰逆旅：在今陕西新丰一带。据《新唐书·马周传》载，马周年轻时，贫困潦倒，外出时曾宿新丰旅舍。店主人见他贫穷，供应其他客商饭食，独冷落他。马周要了一斗八升酒，悠然独酌。此处是以马周自喻。④江南二老：指在江南家乡的父母双亲。

［双调］清江引·相思

徐再思

相思有如少债的①，每日相催逼。常挑着一担愁②，准不了三分利。这本钱见他时才算得。

注释：

①少债的：欠债的。②"常挑"句：日日挑着一担愁，却抵不了三分利。

［双调］阳春曲·皇亭晚泊

徐再思

水深水浅东西涧，云去云来远近山①。秋风征棹钓鱼滩，烟树晚②，茅舍两三间。

注释：

① "水深"、"云去"二句：意思是涧水或东或西时深时浅，山峦间云雾盘桓。②烟树晚：暮霭渐深树影朦胧。

［中吕］阳春曲•赠海棠

徐再思

玉环梦断风流事^①，银烛歌成富贵词^②。东风一树玉胭脂^③。双燕子^④，曾见正开时。

注释：

① "玉环"句：《太真外传》中唐玄宗以"海棠睡未足"比喻杨贵妃醉态，此处是反用其意，写海棠娇姿，以杨贵妃喻海棠。玉环，即杨贵妃，小字玉环。②富贵词：指李白所写赞颂杨贵妃的《清平调》。③玉胭脂：比喻海棠花开放最盛时光泽如玉。④双燕子：指雌雄并飞的燕子。

［中吕］普天乐·垂虹夜月

徐再思

玉华①寒，冰壶冻。云间玉兔，水面苍龙②。
酒一樽，琴三弄③。唤起凌波仙人④梦，倚阑干
满面天风。楼台远近，乾坤表里⑤，江汉西东。

注释:

①玉华：月亮的光华。②水面苍龙：垂虹桥的比喻。③三弄：三
支曲子。④凌波仙人：曹植《洛神赋》中的洛水女神。⑤乾坤表里：
天地辽阔。

［黄钟］人月圆·甘露①怀古

徐再思

江皋楼②观前朝寺，秋色入秦淮。败垣芳
草，空廊落叶，深砌苍苔③。远人南去，夕阳

西下，江水东来。木兰花在，山僧试问，知为
谁开？

注释：

①甘露：即甘露寺，位于今江苏省镇江市北固山后峰。建于三国
东吴甘露元年（265），后屡毁屡建。相传为刘备东吴招亲之处。
②江皋楼：皋，江边的高地。江皋楼，指甘露寺一带的楼阁，如
清晖亭、江声阁、多景楼、祭江亭等。③"败垣"、"空廊"、"深砌"
三句：残垣断壁青草萋萋，廊殿空寂落叶飘零，台阶上是厚厚的
青苔。

［中吕］朝天子·西湖

徐再思

里湖，外湖①，无处是无春处。真山真水
真画图，一片玲珑玉②。宜酒宜诗，宜晴宜雨③。
销金锅、锦绣窟④。老苏，老逋，杨柳堤梅花墓⑤。

注释：

①里湖、外湖：西湖以苏堤为界，分为里湖、外湖，苏堤以西为里湖，

以东为外湖。②"真山"句：真的山真的水真实的画图，好像一片精工细琢的无瑕美玉。③宜晴宜雨：化用苏轼《饮湖上初晴后雨》诗"湖光潋滟晴方好，山色空蒙雨亦奇"句意。④锦绣窟：富贵风流之地。⑤"老苏"等三句：意谓苏轼、林逋均已不见踪影，只留下了这些遗迹。杨柳堤，指苏堤，南起南屏山，北接岳庙，堤上六桥，有"六桥烟柳"之景；梅花墓，指孤山林逋墓，林逋养鹤种梅，有"梅妻鹤子"之称。

［中吕］朝天子·常山江行

徐再思

远山，近山，一片青无间①。逆流沂②上乱石滩。险似连云栈③。落日昏鸦，西风归雁，叹崎岖途路难。得闲，且闲，何处无鱼羹饭④。

注释：

①"远山"等三句：远山，近山，都在一片似有若无的青色间。②沂：同溯，逆着水流的方向。③连云栈：栈道高险，仿佛架在云中一样。④鱼羹饭：渔隐者常用的饭食。

［商调］梧叶儿·钓台

徐再思

龙虎昭阳殿①，冰霜函谷关②，风月富春山。不受千钟禄③，重归七里滩，赢得一身闲。高似他云台④将坛⑤。

注释：

①昭阳殿：汉代后妃所居宫殿。此处暗寓吕后杀韩信典故。②函谷关：秦之东关，在今河南灵宝县南。深险如函，为军事要塞，故名。③千钟禄：比喻高官厚禄。钟，古代容量单位，一钟为六斛四斗。④云台：在洛阳，东汉表彰功臣名将的台阁，与麒麟阁相似。⑤将坛：即拜将台。

［双调］殿前欢·观音山眠松

徐再思

老苍龙，避乖①高卧此山中。岁寒心不肯为梁栋②，翠蜿蜒俯仰相从。秦皇旧日封，靖节何年种③，丁固④当时梦？半溪明月，一枕清风。

注释：

①避乖：避乱世。乖，乖政，乱世的政治。②"岁寒"句：意谓老松情愿高卧深山，也不愿做世间的栋梁之材。③"靖节"句：晋陶渊明世号"靖节先生"，其《归去来辞》中有"三径就荒，松菊犹存"的句子。④丁固：三国时吴人，字子贱。丁固梦松是得官的征兆。

元曲精选

杨果

作者简介：

杨果（1195—1269），字正卿，号西庵，祁州蒲阴（今河北安国）人。金哀宗正大元年（1224）进士，曾任县令。入元后，官至参知政事。工文章，尤长于乐府。著有《西庵集》。现存套数五套，小令十一首。

［越调］小桃红（其一）

杨果

满城烟水①月微茫，人倚兰舟②唱，常记相逢若耶③上。隔三湘，碧云望断空惆怅④。美人笑道，莲花相似，情短藕丝⑤长。

注释：

①烟水：指水上升起的如烟雾气。②兰舟：兰桂木做的船。后用作对船的美称。③若耶：溪名，在今浙江绍兴东南若耶山下。相传西施曾于此浣沙，又名"浣沙溪"。④惆怅：失望伤感。⑤丝：谐为"思"。

［越调］小桃红（其二）

杨果

采莲人和①采莲歌，柳外兰舟过。不管鸳鸯梦惊破②。夜如何？有人独上江楼卧。伤心莫唱，南朝旧曲③，司马泪痕④多。

注释：

①和：应和。②"不管"句：那一片欢声笑语，全然不顾忌把静夜中的鸳鸯梦惊醒。③南朝旧曲：指历来被视作亡国之音的《玉树后庭花》等曲。④司马泪痕：唐代白居易被贬江州司马，做《琵琶行》以自况，诗末有"座中泣下谁最多，江州司马青衫湿"句。此处言采莲女的歌声引起作者的家国之思。

元曲精选

［越调］小桃红（其三）

杨果

采莲湖上棹船回，风约湘裙翠①。一曲琵琶数行泪，望君归，芙蓉②开尽无消息。晚凉多少，红鸳白鹭，何处不双飞③。

注释：

①"风约"句：意谓采莲女的翠色湘裙被风吹得裹住下肢，显出绰约风姿。②芙蓉：荷花的别名。谐"夫容"，一语双关。③"何处"句：鸳鸯白鹭双栖双飞，反衬人的形单影只。

王恽

作者简介：

王恽（1227—1304），字仲谋，号秋涧，卫州辉汲（今河南汲县）人。大德年间，累官至翰林学士、知制诰。工诗善文，词曲以小令见长。著有《秋涧先生大全集》。现存小令四十一首。

［越调］小桃红·平湖乐

王恽

采菱人语隔秋烟①，波静如横练②。入手风光③莫流转。共留连，画船一笑春风面。江山信美，终非吾土，问何日是归年④？

元曲精选

注释：

①"采菱"句：意谓秋天的水面上，隔着轻纱般的雾气，传来采莲女的笑语声。秋烟，指水上浮着的如烟轻雾。②横练：横铺着的白绢。用以形容湖水的平静澄清。③入手风光：映入眼帘的风景。入手，到手。④"问何"句：化用杜甫《绝句》诗"今春看又过，何日是归年"句意。

姚燧

作者简介：

姚燧（1239 — 1314），字端甫，号牧庵，先世为柳城人，后迁居洛阳。累官至太子少傅、翰林学士承旨、知制诰。工散曲，与卢挚并称于世。清人辑有《牧庵集》。散曲现存套数一套，小令二十九首。

［越调］凭阑人·寄征衣①

姚燧

欲寄君衣君不还②，不寄君衣君又寒。寄与不寄间，妾身千万难。

注释：

①征衣：远行者的衣服。②不还：不回来。

元曲精选

［中吕］阳春曲

姚燧

笔头风月①时时过。眼底儿曹渐渐多②。有人问我事如何③，人海④阔，无日不风波⑤。

注释：

①风月：指光阴岁月。②"眼底"句：意谓眼前的儿女辈逐渐增多，暗指自己渐老。③"有人"句：借答问以抒感慨。④人海：指人类社会。⑤风波：喻人事的复杂和仕途的艰险。

［中吕］普天乐

姚燧

浙江①秋，吴山夜。愁随潮去，恨与山叠。寒雁②来，芙蓉谢。冷雨青灯③读书舍，怕离别又早离别。今宵醉也，明朝去也，宁奈④

些些⑤。

注释：

①浙江：即钱塘江。为兰溪与新安江在建德会合后经杭州入海的一段。因为通海，秋天多潮，以壮观著称。②寒雁：秋分后从塞北飞到南方来过冬的大雁。③青灯：即油灯。因发光微青，故名。④宁奈：忍耐。⑤些些：即一些儿。

［中吕］满庭芳

姚燧

天风海涛，昔人曾此①，酒圣诗豪。我到此闲登眺，日远天高。山接水茫茫渺渺，水连天隐隐迢迢②。供吟啸，功名事了③，不待老僧招。

注释：

①昔人曾此：昔人曾在这里。②"山接"、"水连"二句：意思是山接着水，苍茫浩渺，水连着天，遥远朦胧。③功名事了：功名利禄的事情已了。

王和卿

作者简介：

王和卿（约 1220 — 1279 前），祖籍太原（今属山西）。才高名重，性滑稽，居燕京时与关汉卿交情甚厚。散曲现存套数一套，小令二十一首。

［仙吕］醉中天·咏大蝴蝶

王和卿

弹破庄周①梦，两翅驾东风。三百座名园，一采一个空。谁道风流孽种②，唬杀③寻芳的蜜蜂。轻轻扇动，把卖花人扇过桥东④。

注释：

①庄周，战国时宋国蒙人，曾为漆园吏，有《庄子》一书。据说他曾梦见自己化为大蝴蝶，醒来后仍是庄周，弄不清到底是蝴蝶变成了庄周，还是庄周变成了蝴蝶。②风流孽种：具有才华而行为不羁的人。③唬杀：吓到极点，犹言："吓死"。④"轻轻"二句：进一步夸张蝴蝶之大，说它只轻轻一弹翅膀，卖花人就被它扇得远远的。

［双调］拨不断·大鱼

王和卿

胜神鳌①，夯②风涛，脊梁上轻负③着蓬莱岛。万里夕阳锦背高，翻身犹恨东洋小④。太公⑤怎钓？

注释：

①神鳌：《列子·汤问》记载了在渤海之东有蓬莱等五座仙山，随波涛上下往还。天帝担心它们流失，遂命十五只巨鳌分班轮流顶住。此处喻力大。②夯：本意为砸地的意思，此处可理解为与风

涛搏斗。③负：背、驮。④"翻身"句：想要翻身，可恨的是东洋太小了。⑤太公：姜太公。

［仙吕］一半儿·题情（其一）

王和卿

鸦翎般水鬓似刀裁，小颗颗①芙蓉花额儿窄。待不梳妆怕娘左猜。不免插金钗，一半儿蓬松②一半儿歪。

注释：

①小颗颗：亦作"小可可"，形容很小。②松：形容头发松散。

［仙吕］一半儿·题情（其二）

王和卿

别来宽褪①缕金衣②，粉悴烟憔③减玉肌。泪点儿只除衫袖知。盼佳期④，一半儿才干一半儿湿。

注释：

①宽褪：指身体消瘦后衣服变大了。②缕金衣：用金线缝制的衣服。

③粉悴烟憔：意谓面容憔悴。粉，水粉。烟，应作胭，胭脂。此以胭脂水粉代指女子容颜。④佳期：指情人相聚之期。

［仙吕］一半儿·题情（其三）

王和卿

书来和泪①怕开缄，又不归来空再三。这样病儿谁惯耽②？越恁③瘦岩岩④，一半儿增添一半儿减。

注释：

①和泪：带泪。②惯耽：拖延。③恁：这样。④岩岩：形容瘦的样子。

[仙吕] 一半儿·题情（其四）

王和卿

将来①书信手拈②着，灯下孜孜③观觑了。两三行字真带草。提起来越心焦，一半儿丝挦④一半儿烧。

注释：

①将来：拿过来。②拈：用手搓。③孜孜："孜孜"的谐音，专心的样子。④丝挦：撕扯。

滕斌

作者简介：

滕斌（生卒年不详），一作滕宾，字玉霄，黄冈（今属湖北）人。至大年间（1308—1311）任翰林学士，出为江西儒学提举。后弃家入天台山为道士。有《玉霄集》。现存小令十五首。

［中吕］普天乐

滕斌

叹光阴，如流水。区区①终日，枉用心机。辞是非，绝名利，笔砚诗书为活计。乐齑盐稚子山妻②。茅舍数间，田园二顷，归去来兮！

注释：

①区区：通"驱驱"，形容奔走辛苦。②"乐斋"句：意谓自己甘心与妻儿过着清贫的生活。齑盐，细盐；稚子，幼子；山妻，自称其妻的谦词。

［中吕］普天乐

滕斌

柳丝柔，莎茵①细。数枝红杏，闹出墙围。院宇深，秋千系②。好雨初晴东郊媚③。看儿孙月下扶犁。黄尘④意外，青山眼里，归去来兮⑤。

注释：

①莎茵：像毯子一样的草地。莎，即莎草。茵，垫子、席子、毯子之类的通称。②"数枝"等二句：几枝红杏争闹着探出围墙，深深的庭院里把秋千系。③媚：娇美。④黄尘：暗用唐令孤楚《塞下曲》"黄尘满面长须战，白发生头未得归"句，指官场上的风尘。⑤来兮：为语气助词，相当于"吧"。

邓玉宾

作者简介：

邓玉宾（生卒年不详）。《灵鬼簿》称他为"前辈已死名公有乐行于世者"，存散曲小令四首，套数四套。多为宣扬道家思想、描写隐居修道生活的。

［正宫］叨叨令·道情

邓玉宾

一个空皮囊包裹着千重气①，一个干骷髅②顶戴着十分罪。为儿女使尽些拖刀计③，为家私费尽些担山力。你省的也么哥？你省的也么哥④？这一个长生道理⑤何人会？

元曲精选

注释：

①"一个"句：意谓一个人的身体里藏着各种气。空皮囊，皮袋子，比喻人的躯体，佛、道两教常用"臭皮囊"指人的身躯；千重气，道教认为元气是人的根本，必须清心寡欲保持它，否则矜气、躁气等损元气的耗气就会侵入。②干骷髅：指人的骨骼。③拖刀计：古代一种战法，在战斗中佯装战败，拖长柄大刀而走，乘敌方追赶不备，回身挥刀杀敌。此处比喻挖空心思，用尽计谋。④也么哥：也作"也波哥"。元曲中常用的衬词，无义。⑤长生道理：指出家求长生之道。

冯子振

作者简介：

冯子振（1257 — 1337 后），字海粟，自号怪怪道人、瀛洲客，攸州（今湖南攸县）人。官至承事郎、集贤待制。善草书。诗文曲皆工。散曲现存小令四十四首。

［正宫］鹦鹉曲（三首）

冯子振

序云：白无咎有《鹦鹉曲》云："侬家鹦鹉洲边住，是个不识字渔父。浪花中一叶扁舟，睡煞①江南烟雨。觉来时满眼青山，抖擞绿蓑归去。算从前错怨天公，甚也有安排我处。"余壬寅岁留上京，有北京伶妇御园秀之属，相从风雪中，恨此曲无续之者。且谓前后多亲炙②士大夫，拘于韵度，如第一个"父"字，便难下语，又"甚也有安排我处"，"甚"字必须去声字，"我"字必须上声字，音律始谐，不然不可歌。此一节又难下语。诸公举酒，索余和之。

以汴、吴、上都、天京风景试续之。

山亭逸兴

　　嵯峨峰顶移家住，是个不唧溜③樵父。烂柯④时树老无花，叶叶枝枝风雨。故人曾唤我归来，却道不如休去。指门前万叠云山，是不费青蚨⑤买处。

注释：

①睡煞：睡断，尽情地睡，沉睡。②亲炙：亲自受到指教、指正。③不唧溜：憨厚老实。唧溜，民间俗语，聪明伶俐。④烂柯：斧柄日久朽坏，比喻世事急剧地变迁。据南朝梁任《述异记》载，晋代王质入山伐木，见几个童子在下棋唱歌，他便站在一旁。童子们把一粒枣核样的东西送给他，让他含在口中，可不进水米而不饥渴。不久，童子催他离去。王质这时才发现手中斧柄已经朽坏。回到乡里，亲朋多已故去，原来他离家已经几十年了。⑤青蚨：一种昆虫。据干宝《搜神记》载，青蚨是一种有灵性的蝉状飞虫。小青蚨被捉去，无论远近，其母都能将其找到。将青蚨母子的血涂在钱币上，买东西时，无论先用母钱还是先用子钱，都能回到

原主手中，且轮转不断。后因而称钱为"青蚨"。

感事

　　江湖难比山林住，种果父胜刺船父。看春花又看秋花，不管颠风狂雨。尽人间白浪滔天，我自醉歌眠去。到中流手脚忙时，则靠着柴扉①深处。

注释：

①柴扉：木门。

野客

　　春归不恋风光住，向老拙问讯槎父①。叹茬山李白漂零，寂寞长安花雨。指沧溟②铁网珊瑚，袖卷钓竿西去。锦袍空醉墨淋漓③，是

万古声名响处。

注释：

①"向老拙"句：老拙，诗人自称。意谓有人向诗人打听仕途消息。槎父，乘槎的人；槎，用竹木编成的小筏。②沧溟：大海。③墨淋漓：形容文思泉涌。

曾瑞

作者简介：

曾瑞（生卒年不详），字瑞卿，大兴（今北京大兴）人。因羡慕江浙人才辈出、钱塘景物嘉美，便移居杭州。其人傲岸不羁、神采卓异，谈吐不凡，不愿入仕，优游市井，与江淮一带名士多有交流。靠熟人馈赠为生，自号褐夫。善画能曲，著有杂剧《才子佳人说元宵》，今存，又著散曲集《诗酒余音》，今不存。现存小令五十九首，套数十七套。

［正宫］醉太平

曾瑞

相邀士夫①，笑引奚奴，涌金门②外过西湖，写新诗吊古。苏堤堤上寻芳树，断桥桥畔

沽醹醁③，孤山山下醉林逋④。洒梨花暮雨。

注释：

①士夫：士大夫的略称。指封建社会已入仕和未入仕的文人、士族，后作男子的通称。②涌金门：旧称丰豫门，为杭州城门名。断桥：又名段家桥，杭州西湖白堤入口处。③醹醁：代指好酒、佳酿。④林逋：宋初著名隐士，以爱梅著称，隐居于西湖孤山。

杨朝英

作者简介：

　　杨朝英（生卒年不详），号澹斋，青城（今山东高唐）人。曾任郡守、郎中，后归隐。与贯云石、阿里西瑛等交往甚密，相互酬唱。时人赞为高士。他选辑元人小令、套数，编成《阳春白雪》《太平乐府》，人称"杨氏二选"，元人散曲多赖此二书保存和流传。本人亦工散曲，《太和正音谱》评其曲"如碧海珊瑚"，杨维祯将他与关汉卿、卢疏斋等并提，赞其"奇巧莫如"。现存小令二十七首。

［双调］水仙子·自足

杨朝英

　　杏花村里旧生涯①，瘦竹疏梅处士②家，深耕浅种收成罢。酒新篘③，鱼旋打，有鸡豚竹

笋藤花。客到家常饭，僧来谷雨茶④，闲时节自炼丹砂⑤。

注释：

①旧生涯：平平淡淡的日子。②处士：有才德隐居不仕的人。
③篘：滤酒用的器具。④谷雨茶：谷雨节前采摘的春茶。⑤丹砂：
朱砂，矿物名，道家炼丹多用。

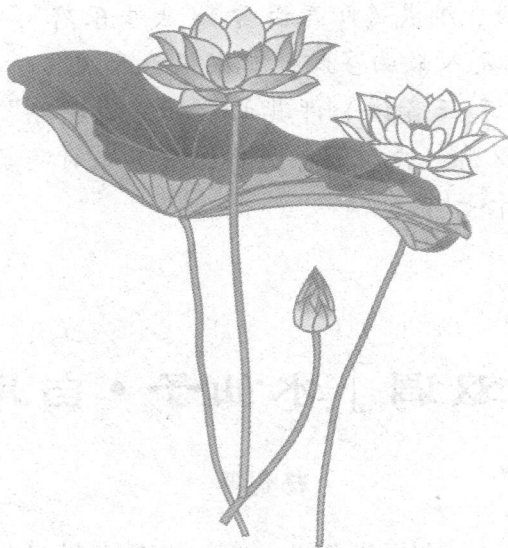

李致远

作者简介:

　　李致远(生卒年不详),江右(今江西)人。至元中,曾居溧阳(今属江苏),与文学家仇远相交甚密。据仇远所写李致远有关诗文,可知他是个仕途不顺,"功名坐蹭蹬",一生很不得志的穷书生。《太和正音谱》列其为曲坛名家。散曲今存小令二十六首,套数四套。

［中吕］红绣鞋·晚秋

李致远

　　梦断陈王①罗袜②,情伤学士琵琶③。又见西风换年华。数杯添泪酒④,几点送秋花,行人天一涯⑤。

元曲精选

注释：

①陈王：指曹植。其封地为陈郡，谥号为思，故称陈王或陈思王。
②罗袜：代指美人。③"情伤"句：语出白居易《琵琶行》。白居易曾为翰林学士，被贬为江州司马时，感琵琶女身世作《琵琶行》，其中有"同是天涯沦落人，相逢何必曾相识"、"座中泣下谁最多，江州司马青衫湿"诗句，故云"情伤"。④添泪酒：化用范仲淹词句"酒入愁肠，化作相思泪"句意。⑤天一涯：天边。

贯云石

作者简介：

贯云石（1286 — 1324），本名小云石海涯，因其父名贯只哥，遂以贯为氏，号酸斋，又号芦花道人，维吾尔族人。文武双全，官至知制诰同修国史。后辞归江南，卖药杭州。散曲与徐再思（甜斋）齐名，世称"酸甜乐府"。任二北辑有他二人的合集《酸甜乐府》。现存套数八套，小令七十九首。

［双调］寿阳曲

贯云石

新秋至，人乍别，顺长江水流残月①。悠悠②画船东去也，这思量起头儿一夜③。

注释：

①"新秋"等句：新秋刚到来的时候，心上人也匆匆离别，在一弯残月映照下，顺着长江流水向东而去。②悠悠：远远地。③起头儿一夜：第一夜。

［中吕］红绣鞋

贾云中

挨着靠着云窗①同坐，偎着抱着月枕②双歌，听着数着愁着怕着早四更过③。四更过情未足，情未足夜如梭④。天哪，更闰一更儿⑤妨甚么！

注释：

①云窗：镂刻有云形花纹的窗户。②月枕：月牙形的枕头。③四更过：意为即将天明。④夜如梭：喻时光犹如织布的梭子，瞬息即逝。⑤闰一更儿：延长一更。

［南吕］金字经

贾云石

蛾眉①能自惜，别离泪似倾。休唱《阳关》第四声②。情，夜深愁寐醒。人孤零，萧萧月二更。

注释：

①蛾眉：美人的代称。②《阳关》第四声：《阳关》指王维《送元二使安西》诗，入乐府为送别之曲，名《渭城曲》，因反复诵唱，故又称《阳关三叠》。第四声指该曲的第四句"西出阳关无故人"。

［双调］清江引

贾云石

竞功名有如车下坡，惊险谁参破①？昨日玉堂臣②，今日遭残祸。争③如我避风波走在安

乐窝！

注释：

①"竞功名"、"惊险"二句：奔竞功名就好像马车直下陡坡，其中的惊险有谁能看破？②玉堂臣：高官显宦。③争：怎。

[双调] 殿前欢（其一）

贯云中

畅幽哉，春风无处不楼台。一时怀抱①俱无奈，总对天开②。就③渊明归去来，怕鹤怨山禽怪，问甚功名在。酸斋是我，我是酸斋。

注释：

①怀抱：襟怀，抱负。②开：表白。③就：跟从，效仿。

［双调］殿前欢 (其二)

贯云中

怕西风，晚来吹上广寒宫。玉台不放香奁梦①，正要情浓。此时心造物同，听甚《霓裳弄》②，酒后黄鹤送。山翁醉我，我醉山翁③。

注释：

①"玉台"句：意谓月中嫦娥还在做着柔情缱绻的好梦。玉台，指玉镜台；香奁，古代女子梳妆用的镜匣。②《霓裳弄》：即《霓裳羽衣曲》。弄，乐曲。奏曲一遍为一弄。③"山翁"、"我醉"二句：此处指山翁醉得似我，我醉得如山翁。山翁，即山简，晋襄阳太守，以喜酒闻名，每饮辄醉。

［正宫］塞鸿秋 · 代人作

贯云石

战西风①几点宾鸿至，感起我南朝②千古伤心事。展花笺写几句知心事，空教我停霜毫③半晌无才思。往常得兴时，一扫无瑕疵④。今日个病厌厌刚写下两个相思字。

注释：

①战西风：迎着西风。②南朝：指我国历史上宋、齐、梁、陈四朝。③霜毫：毛笔。④"往常"、"一扫"二句：往日兴致高时，一挥而就毫无瑕疵。

［正宫］小梁州 · 秋

贯云石

芙蓉映水菊花黄，满目秋光。枯荷叶底鹭鸶①藏。金风②荡，飘动桂枝香。［幺］雷峰塔③畔登高望，见钱塘一派长江。湖水清，江潮漾。天边斜月，新雁两三行。

注释：

①鹭鸶：即白鹭。②金风：即秋风。③雷峰塔：五代时吴越王钱俶妃黄氏建，遗址在西湖南夕照山上，于 1924 年 9 月倾塌。

［双调］清江引·惜别

贯云石

若还与他相见时，道个真传示①：不是不修书②，不是无才思，绕清江买不得天样纸③！

注释：

①传示：消息、情况。②修书：写信。③天样纸：天那样大的信纸。

[双调] 殿前欢

贯云石

楚怀王①，忠臣跳入汨罗江②。《离骚》读罢空惆怅，日月同光③。伤心来笑一场，笑你个三闾④强，为甚不身心放？沧浪污你，你污沧浪⑤。

注释：

①楚怀王：战国时楚国的国君。公元前328－前299年在位。②忠臣跳入汨罗江：指屈原因楚怀王听信谗言，被放逐沅湘间，自沉汨罗江而死。汨罗江，湘江支流，在湖南省东北部。③日月同光：《史记.屈原贾生列传》称赞《离骚》"虽与日月争光可也"。④三闾：指屈原，他曾任三闾大夫。⑤"沧浪"二句：《孟子.离娄上》云："有孺子歌曰：'沧浪之水清兮，可以濯我缨；沧浪之水浊兮，可以濯我足。'孔子曰：'小子听之，清斯濯缨，浊斯濯足矣，自取之也。'"沧浪，汉水的下游，这里指汨罗江。

吴西逸

作者简介：

　　吴西逸（生卒年不详），与贯云石同时代。《太平乐府》乐府群珠》《北词广正谱》都收录了他的作品。《太和正音谱》称其作品"如空谷流泉"。现散曲有小令四十七首。

［双调］清江引·秋居

吴西逸

　　白雁①乱飞秋似雪，清露生凉夜②。扫却石边云，醉踏松根月，星斗满天人睡也。

注释：

①白雁：白色的雁。雁多为黑色，白色的雁较为稀少。元代谢宗

可有《咏白雁》诗。②"清露"句：清冷的露珠使秋夜更凉。

[双调] 殿前欢（其一）

吴西逸

懒云巢①。碧天无际雁行高。玉箫鹤背青松道②，乐笑游遨。溪翁③解冷淡嘲，山鬼放揶揄笑④，村妇唱糊涂调。风涛险我，我险风涛⑤。

注释：

①懒云巢：即阿里西瑛的懒云窝。②"玉箫"句：用王子乔吹箫骑鹤仙去之事，形容懒云窝的主人仙风道骨，无凡俗之气。③溪翁：即指隐士。④"山鬼"句：本《世说新语·任诞》。晋代罗友为桓温幕僚，桓温虽器重其才学，却认为他放荡不羁，不宜做官。一次桓温为一人升官设宴送行，罗友迟到了，桓温问他原因，他说："我早就出来了，在路上碰见一个鬼，他嘲笑我说：'我只看见你送别人去做官，却为何不见有人送你上任做官？'我自感惭愧，对他作了一番解释，就迟到了。"此化用其意。揶揄，嘲笑。⑤风涛：此指宦海。

[双调]殿前欢(其二)

吴西逸

懒云凹①,按行松菊讯桑麻②。声名不在渊明下,冷淡生涯。味偏长凤髓茶③,梦已随蝴蝶④化,身不入麒麟画⑤。莺花厌我,我厌莺花。

注释:

①懒云凹:即懒云窝。②讯桑麻:指询问农作物的生长情况。③凤髓茶:一种名茶。唐宋时福建建安产的茶,当时有盛名。④蝴蝶:用庄子梦蝶之事。⑤麒麟画:麒麟阁上的功臣像。麒麟阁为汉武帝所建表彰功臣的楼阁。

［商调］梧叶儿·春情

吴西逸

香随梦，肌褪雪，锦字①记离别。春去情难再，更长②愁易结。花外月儿斜，淹粉泪微微睡些。

注释：

①锦字：据《晋书·窦滔妻苏氏传》载，前秦时秦州刺史窦滔被流放到边荒，他的妻子苏蕙织锦为回文璇玑图诗寄给他表思念之情，诗意凄婉，可循环阅读。后称妻子寄给丈夫的书信为"锦字"。

②更长：夜长。

薛昂夫

作者简介:

薛昂夫(？—1345 后)，又名超吾，回鹘(今新疆)人，维吾尔族，汉姓马，故亦称马昂夫，字九皋。官三衢路达鲁花赤(元时官名)，晚年退隐杭县(今杭州市东)。善篆书，有诗名与萨都剌唱和。王德渊《薛昂夫诗集序》称他"诗词新严飘逸，如龙驹奋迅，有'并驱八骄一日千里'之想"。《南曲九宫正始序》称"昂夫词句潇洒，自命千古一人"。其散曲意境宽阔，风格豪迈。

殿前欢·冬

薛昂夫

捻冰髭①，绕孤山②枉了费寻思。自逋仙去后无高士③，冷落幽姿，道梅花不要诗。休说

推敲字④，效杀颦⑤难似。知他是西施笑我，我笑西施？

注释：

①冰髭：银白色的髭须。②孤山：北宋诗人林逋在西湖的隐居地，多植梅，号"孤山梅"。林逋亦善咏梅之作。③"自遣"句中的逋仙：指林逋。高士：志行高尚之士。④推敲字：用唐代贾岛作诗字斟句酌典故。⑤效杀颦：杀，竭力仿效之意。效颦，东施效颦的略语。典出庄子寓言：西施因病常捧心皱眉，益添其美；东施仿效西施捧心皱眉，反添其丑。

自遣 [中吕] 朝天曲

薛昂夫

沛公①，大风②，也得文章用。却教猛士叹良弓，多了游云梦。驾驭英雄，能擒能纵，无人出彀中③。后宫④，外宗，险把炎刘并。

注释：

①沛公：指刘邦。他在秦二世元年（前209）秋号召沛县父老杀

沛令反秦，被推为沛公。②大风：指刘邦所作《大风歌》。③彀中：
本指箭射出去所能达到的有效范围，后来用以比喻牢笼、圈套。
④后宫：指吕后。

［中吕］山坡羊·述怀（其一）

薛昂夫

惊人学业①，掀天势业②，是英雄成败残杯炙③。鬓堪嗟，雪难遮，晚来览镜中肠热④。问著老夫无话说。东，沉醉也；西，沉醉也。

注释：

①学业：学问。②掀天势业：此处指功业震天撼地。③残杯炙：指吃剩下来的酒食，此处比喻功业无成。④中肠热：因激动而内心发热。

［中吕］山坡羊·述怀（其二）

薛昂夫

大江东去，长安西去①，为功名走遍天涯路。厌舟车②，喜琴书③，早星星鬓影④瓜田暮⑤。心待足时名更足。高，高处苦；低，低处苦。

注释：

①长安西去：指求取功名。长安，指京城。②舟车：水陆行程。
③喜琴书：指喜欢琴书自娱的隐居生活。④星星鬓影：指鬓发斑白。
⑤瓜田暮：典出《史记·萧相国世家》，指邵平隐居种瓜事。

［中吕］山坡羊·西湖杂咏·春

薛昂夫

山光如淀①，湖光如练。一步一个生绡面②。扣逋仙③，访坡仙④，拣西湖好处都游遍，管甚月明归路远。船，休放转；杯，休放浅。

注释：

①淀：青蓝色的颜料，又称蓝靛。②"一步"句：意谓西湖风景如画。生绡，生丝织品，绘画的原料。③扣逋仙：拜访隐士林逋的遗迹。扣，拜谒，拜访。④访坡仙：寻访名士苏东坡的风流余韵。

［中吕］山坡羊·西湖杂咏·夏

薛昂夫

晴云轻漾，薰风①无浪，开樽避暑争相向。映湖光，逞新妆②，笙歌鼎沸③南湖④荡，今夜且休回画舫。风，满座凉；莲，入梦香。

注释：

①薰风：指初夏的东南风。②逞新妆：游湖的人盛装打扮，好像要一比高下。③笙歌鼎沸：乐器声、歌声像开锅的水喧嚣沸腾。④南湖：西湖以白堤为界，分南北湖，白堤以南的湖面称南湖。

［正宫］塞鸿秋·凌歊台怀古

薛昂夫

凌歊台畔黄山铺，是三千歌舞亡家处①。望夫山②下乌江渡，是八千子弟③思乡去。江东日暮云，渭北春天树。青山太白坟如故④。

注释：

①亡家处：远离家乡的意思。②望夫山：在今安徽当涂县西北四十里。传说古代一女子登山望外出的丈夫归来，久立化为石头，山以石名。③八千子弟：项羽带江东八千子弟起兵反秦，所向披靡，威震天下。④"青山"句：意谓作者登凌歊台，遥望青山，悼念李白。青山，在安徽当涂东南。

［双调］楚天遥过清江引（其一）

薛昂夫

屈指数春来，弹指惊春去①。蛛丝网落花，

也要留春住。几日喜春晴，几夜愁春雨。六曲小山屏②，题遍伤春句。春若有情应解语③，问着无凭据。江东日暮云，渭北春天树。不知那答儿④是春住处！

注释：

①"屈指"、"弹指"二句：意谓春天来得慢而去得快，表达对春色的留恋。②小山屏：小幅的山水画屏。③解语：懂得人的语言和心思。④那答儿：元明时期的口语，意谓何处。

［双调］楚天遥过清江引（其二）

薛昂夫

有意送春归，无计留春住。明年又着①来，何似休归去②。桃花也解愁，点点飘红玉。目断楚天③遥，不见春归路。春若有情春更苦，暗里韶光度④。夕阳山外山，春水渡傍渡⑤，不知那答儿是春住处！

注释：

①着：得，让。②"何似"句：意谓不如就不要回去了吧。③楚
天：南天，因为楚在南方。④"暗里"句：意谓春光偷偷地溜跑
了。⑤"夕阳"、"春水"二句：袭用宋戴复古《世事作》诗："春
水渡傍渡，夕阳山外山。"

周德清

作者简介：

周德清（1277 — 1365），号挺斋，高安（今属江西）人，北宋词人周邦彦的后代。工乐府，善音律。终身不仕。著有音韵学名著《中原音韵》，为我国古代有名的音韵学家。《录鬼簿续篇》对他的散曲创作评价很高："德清之词，不惟江南，实天下之独步也。"《全元散曲》录存其小令三十一首，套数三套。

［中吕］塞鸿秋 · 浔阳即景

周德清

长江万里白如练①，淮山数点青如淀②。江帆几片疾如箭，山泉千尺飞如电。晚云都变露，新月初学扇③，塞鸿一字来如线。

元曲精选

注释：

① "长江" 句：练，白色绸带。此句化用谢朓《晚登三山还望京邑》诗句："余霞散成绮，澄江静如练。"②淀：同"靛"，一种青蓝色染料。③新月初学扇：新月像扇子那样呈半圆形。

［中吕］喜春来·春晚

周德清

镫挑斜月明金鞯①，花压②春风短帽檐。谁家帘影玉纤纤？粘翠靥③，消息露眉尖。

注释：

① "镫挑" 句：意谓月亮弯弯，当空悬照。鞯，马鞍两边的脚踏；马鞍鞯，垫在马鞍下，垂于马背两旁以挡泥土。②花压：意谓枝繁叶茂。③翠靥：古代妇女的面饰。

［中吕］满庭芳·看岳王传

周德清

披文握武[1]，建中兴庙宇[2]，载青史图书。功成却被权臣妒，正落奸谋[3]。闪杀人望旌节中原士夫，误杀人弃丘陵[4]南渡銮舆[5]。钱塘路，愁风怨雨，长是洒西湖。

注释：

[1]披文握武：指文武双全。 [2]"建中"句：岳飞为国竭智尽孝，挫败了金兵的侵略，使宋朝得以中兴。庙宇，指国家社稷。 [3]"功成"二句：指岳飞被奸臣秦桧谋害事。 [4]丘陵：指祖宗陵墓。 [5]銮舆：天子车驾，代指天子，即宋高宗赵构。

［中吕］喜春来·别情

周德清

月儿初上鹅黄柳①，燕子先归翡翠楼，梅魂②休暖凤香篝③。人去后，鸳被冷堆愁。

注释：

①鹅黄柳：幼鹅毛色嫩黄，古人常用来比喻初春的柳色。②梅魂：梅香，烟袅袅如梅魂。③凤香篝：闺中用来取暖的凤形熏笼。

钟嗣成

作者简介：

　　钟嗣成（生卒年不详），字继先，号醜斋，大梁（今河南开封）人，久居杭州，屡试不中。顺帝时编著《录鬼簿》二卷，有至顺元年（1330）自序，载元代杂剧、散曲作家小传和作品名目。所作杂剧今知有《章台柳》《钱神论》《蟠桃会》等七种，皆不传。所作散曲今存小令五十九首，套数一套。

［双调］凌波仙·吊乔梦符①

钟嗣成

　　平生湖海少知音，几曲宫商②大用心。百年光景还争甚？空赢得雪鬓侵。跨仙禽路绕云深。欲挂坟前剑③，重听膝上琴④。漫⑤携琴载

酒相寻。

注释：

①乔梦符：乔吉，元曲作家。一生潦倒，寄情诗酒。②宫商：中国历代称宫、商、角、变徵、徵、羽、变宫为七声。宫商即指音乐歌曲。③"欲挂"句：《史记·吴太伯世家》："季札之初使，北遇徐君。徐君好季札之剑，口弗敢言。季札心知之，为使上国，未献。还至徐，徐君已死，于是乃解其宝剑，系之徐君冢树而去。"④"重听"句：《世说新语·伤逝》记载，王子猷为弟子敬吊丧，坐在灵床，弹子敬生前所爱之琴，不成曲调，为人琴俱亡而大为感伤。⑤漫：聊且之意。

［双调］凌波仙·吊陈以仁①

钟嗣成

钱塘人物尽飘零，赖有斯人②尚老成。为朝元③恐负虚皇④命。凤箫寒，鹤梦惊，驾天风直上蓬瀛⑤。芝堂静，蕙帐清，照虚梁落月空明。

注释：

①陈以仁：字存甫，杭州人，元曲作家。②斯人：此人，指陈以仁。
③朝元：道教徒礼拜神仙称朝元。④虚皇：道教天虚之神。⑤"凤箫"
等三句：用王子乔吹箫骑鹤仙去典故。此处比喻陈以仁仙去。

汪元亨

作者简介：

汪元亨（生卒年不详），字协贞，号云林，别号临川佚老，饶州（今江西波阳）人。曾任浙江省掾，后迁居常熟。他生在元末乱世，厌世情绪极浓。所作杂剧有三种，今皆不传。《录鬼簿续篇》说他有《归田录》一百篇行世，见重于人"。现存小令一百首，其中题名"警世"者二十首，题作"归田"者八十首。

［正宫］醉太平·警世（其一）

汪元亨

辞龙楼凤阙①，纳象简乌靴②。栋梁材取次尽摧折，况竹头木屑③。结知心朋友着疼热④，遇忘怀诗酒追欢悦，见伤情光景放痴呆⑤。老

146

先生醉也。

注释：

①"辞龙楼"句：意谓辞去官职，告别京师归去。龙楼凤阙，指帝王宫殿。②乌靴：皂靴，以皂色的皮革制成，为官员所穿的靴子。③竹头木屑：语出《世说新语·政事》，晋陶侃任荆州刺史时，把竹头木屑收集起来，以备不时之需。此处比喻普通人才。④着疼热：关切、体贴。⑤放痴呆：同痴呆人相匹称。放：摆出，显露。

［正宫］醉太平·警世（其二）

汪元亨

憎花蝇竞血①，恶黑蚁争穴②。急流中勇退是豪杰，不因循苟且。叹乌衣③一旦非王谢，怕青山两岸分吴越，厌红尘④万丈混龙蛇⑤。老先生去也。

注释：

①花蝇竞血：比喻追逐名利就像苍蝇争舐血腥一样。②黑蚁争穴：典出李公佐《南柯记》，淳于棼梦遇到大槐安国与檀萝国争夺领土，

实际上是两窝黑蚂蚁打架。③乌衣：即乌衣巷。在今南京市秦淮河西，东晋时豪族王导、谢安两大贵族住地。④红尘：人世、尘俗。⑤混龙蛇：比喻世间贤愚颠倒，善恶不分。

［正宫］醉太平·警世（其三）

汪元亨

源流来①俊杰，骨髓里娇奢②。折垂杨几度赠离别，少年心未歇。吞绣鞋③撑的咽喉裂，掷金钱趁的身躯超④，骗粉墙掂的腿脡折。老先生害也！

注释：

①源流来：元朝俗语，意谓根本、本来。②娇奢：娇横、奢侈、荒淫、放纵。③吞绣鞋：把酒杯放在女子绣鞋中行酒，旧时风流场中放荡行为。④"掷金钱"句：意谓和妓女玩掷金钱游戏，为抢钱身体乱转，跌跌撞撞。趸，来回走；超，想进不进的样子。⑤骗粉墙：爬墙去幽会。

［正宫］醉太平·警世（其四）

汪元亨

度流光电掣①，转浮世风车②。不归来到大③是痴呆，添镜中白雪④。天时凉捻指⑤天时热，花枝开回首花枝谢，日头高眨眼日头斜。老先生悟也！

注释：

①流光电掣：喻光阴迅逝如闪电。流光：光阴。电掣：如闪电般一闪而过。②浮世风车：喻世事无常如旋转不停的风车。浮世：指人间、人世，因世事飘浮不定，故称。③到大：亦作"倒大"或"到大来"，意为绝大、非常、十分、多么。④白雪：白发。⑤捻指：弹指，时间过得快。

［双调］折桂令

汪元亨

二十年尘土征衫，铁马金戈①。火鼠冰蚕②。心不狂谋，言无妄发，事已多谙。黑似漆前程黯黯，白如霜衰鬓斑斑。气化相参③，谲诈④难甘。冷笑渊明，高访图南⑤。

注释：

①铁马兵戈：指战事。②火鼠冰蚕：古代传说中两种珍奇动物。用火鼠毛织成的布火烧不坏。用冰蚕织物制衣，入水不湿，入火不燃。见旧题晋王嘉《拾遗记》。宋苏轼《徐大正闲轩》："冰蚕不知寒，火鼠不知暑。"此处谓久经夏暑冬寒。③气化相参：谓阴阳二气参互变化。④谲诈：欺诈。⑤图南：宋隐士陈搏，字图南。

［中吕］朝天子・归隐

汪元亨

　　荣华梦一场，功名纸半张，是非海波千丈①。马蹄踏碎禁街②霜，听几度头鸡唱。尘土衣冠③。江湖心量。出皇家麟凤网，慕夷齐首阳，叹韩彭④未央。早纳纸风魔状⑤。

注释：

①"荣华"等三句：荣华富贵有如一场春梦，即或名垂青史，也不过是废纸半张，人间是非风恶浪险。②禁街：宫廷中的道路、皇城的街道。③尘土衣冠：意谓衣冠受到仕途风尘的污染。④韩彭：指韩信、彭越，二人均为辅佐刘邦夺天下的大功臣，汉初封为诸侯王，后被吕后以谋反罪名赐死。未央：未央宫，韩、彭即被杀于此宫。⑤风魔状：疯魔，本指精神失常症，此处指装疯佯狂，汉代蒯通有计谋，善辩，曾劝韩信叛汉，韩信事发，他佯狂遁去。状：文书。

元曲精选

倪瓒

作者简介：

　　倪瓒（1301—1374），字元镇，自号云林子、风月主人等，无锡（今属江苏）人。元至正初，弃家浪游五湖。著有《清闷阁全集》。散曲现存小令十二首。

［黄钟］人月圆

倪瓒

　　伤心莫问前朝①事，重上越王台②。鹧鸪啼处，东风草绿，残照花开。怅然孤啸③，青山故国，乔木苍苔。当时明月，依依素影④，何处飞来？

注释：

①前朝：此指宋朝。②越王台：春秋时期越王勾践所建，为驻兵处。
③怅然孤啸：惆怅地独自仰天长啸。④素影：皎洁的月光。

［双调］折桂令·拟张鸣善

倪瓒

草茫茫秦汉陵阙①。世代兴亡，却便似月
影圆缺。山人家②堆案图书，当窗松桂，满地
薇蕨③。侯门深何须刺谒④，白云自可怡悦。到
如今世事难说。天地间不见一个英雄，不见一
个豪杰。

注释：

①陵阙：指帝王的坟墓。②山人家：山居的人，作者自称。③薇蕨：
皆草本植物。伯夷叔齐不食周粟，隐居首阳山，采薇而食。后世
以"薇蕨"为隐者之粮。④刺谒：求见，拜访。刺，类似后来的名片。

［越调］凭栏人·赠吴国良

倪瓒

客有吴郎吹洞箫，明月沉江春雾晓①。湘灵②不可招，水云中环珮③摇。

注释：

①"明月"句：意思是箫声犹如碧波明月般清澈凄冷，又如春日晓雾般朦胧袅绕。②湘灵：传说中舜的妃子，死后成为湘水女神，号湘夫人。屈原《九歌·湘君》写湘君期待夫人不至，吹箫以寄托哀思。③环珮：古代女子身上的玉饰。